辺境の地で働いて

アンゴラ、アマゾン、ギアナ三国、
ポルトガル、ブラジリア、ボリビア

有水 博
ARIMIZU Hiroshi

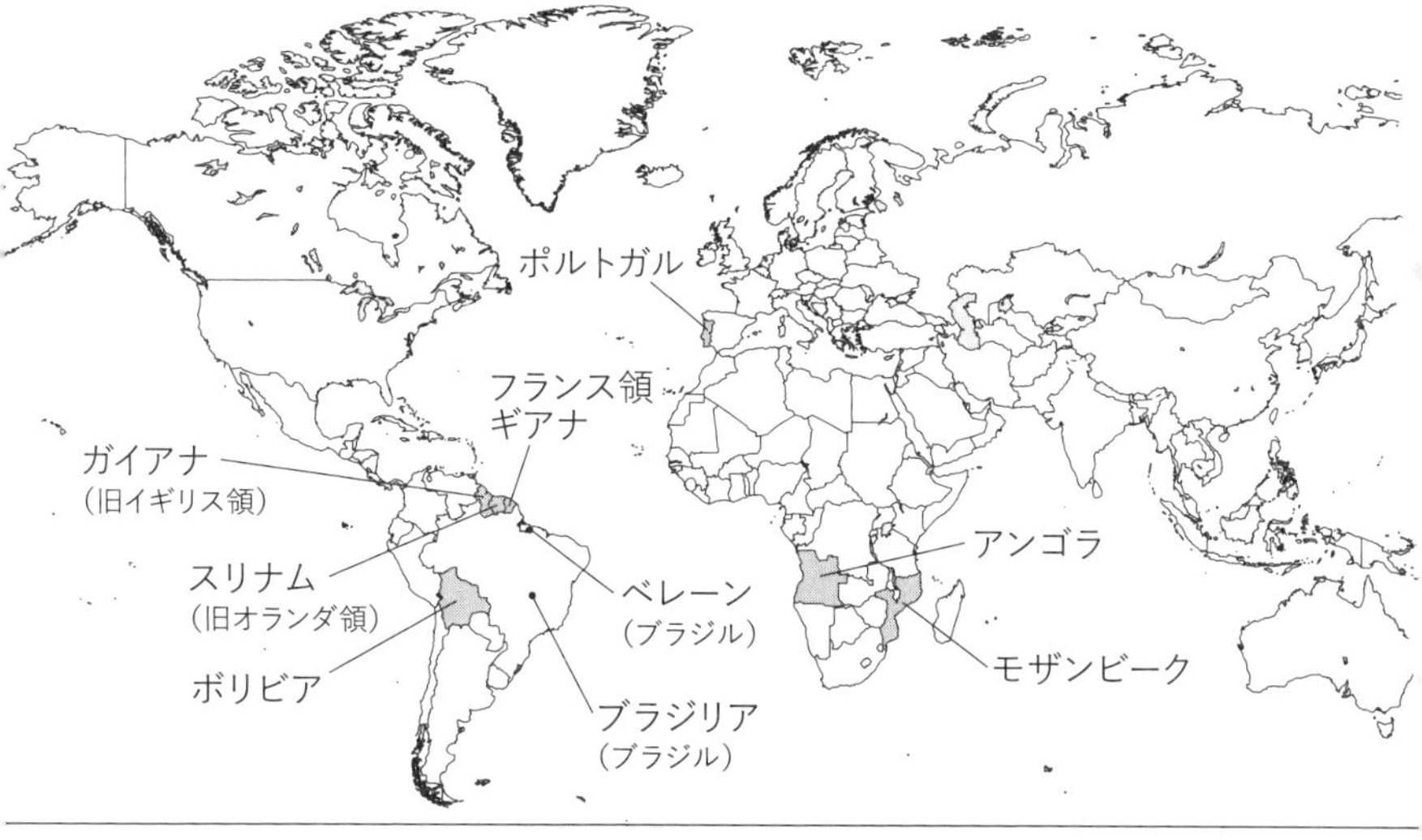

文芸社

はじめに

定年になってから初めて参加したクラス会で、外務省勤務中のアマゾンとボリビア（標高三八〇〇メートル）のエピソードを話した。

と、旧友から、中南米の二大僻地に左遷されたとは、どんな失敗をやらかしたのかと尋ねられた。

私は「今まで行ったことのない土地なら、世界中どこにでも行きたい、僻地でもかまわない。今まで大きなヘマや不正をした憶《おぼ》えはない」と答えた。

するとその男は、私の家内が「うちの主人は、冬のない台湾生まれで、年輪のない木みたいな人」と言っていたぞと暴露……。

私のワガママと世渡りの下手さで、妻と三人の子には苦労をかけたなあと猛省。

そこで、辺境の地で働くことになったいきさつを書き残して、自己弁護しておきたい。

二〇二〇年　秋

奈都子。弘太、はるな、さやかに捧ぐ。

目次

第一部　アンゴラの海

一　一九六一年　日本

　社員一〇〇名ぐらいの貿易会社で働き始めて二年目の夏、大学生時代の主任教授から突然の電話があった。

「アンゴラに行ってみないか？」

　アル・カポネというあだ名がお似合いの先生で、押し殺したようなしゃがれ声でつぶやく。

「水産会社が、アンゴラで初めて合弁事業をやるので、ポルトガル語が話せる者を探している。きみ、どうかね？」

「面白そうですね。……いつまでに決めねばなりませんか？」

「できるだけ早く、ということだ」

「えーと……（今の仕事のことなどが一瞬、頭の中を駆けめぐったが）、じゃお願いします」

と言ってしまった。

一九六〇年当時、日本からブラジルへ大企業の進出が始まり、大学時代の同級生二十名中、ほとんどが大手の商社、銀行、鉄鋼、造船等に就職。ブラジルに移住したいと就職活動もほとんどしなかったのは私ぐらいだったので、何となく運命を感じて「行きます」と言ってしまった。

新入社員の一、二年目は、一般的に見習い。教育期間とされ、この期間に転職するのは気がひけた。ただ、設立十年足らずで業績拡大中の貿易会社は、人手不足で何でもやらされた。

新人に商売を分からせるには、経理部で働かせるのが一番と配属された。ところが、簿記・会計の素人でもできるというワンライティングシステムが導入された直後で、このシステムが取引の実情に合わず、何度も訂正された伝票を照らし合わせたり、失《な》くなってしまったと思われる伝票を探したり、毎晩、国鉄中央線の終電近くまで、単純作業を繰り返さねばならなかった。

会社は、当時旧丸ビルの五階にあったが、国会議事堂の方からは、一九六〇年安保改正の数万人のデモの足音、怒号が地鳴りのように押し寄せ、何か行動しなくてはと、せき立てられるような雰囲気が満ちていたのである。

二　雨期のレオポルドヴィル空港

一九六一年九月、ブラッセルからアフリカ大陸を縦断して、旧ベルギー領コンゴのレオポルドヴィルの上空まで達したサベーナ航空便は、豪雨の中、熱帯雨林をかすめて旋回を繰り返すばかりで、なかなか着陸しようとしない。乗客がざわつき始めた頃、ドスンという音と水しぶきを上げて着地した。

小さな空港ロビーを通ると、国連軍の兵士でごった返しており、雨と汗にぬれた軍服の臭いが充満していた。

我々一行（水産会社の部長二名と課長一名、当時二十四歳の私）は、レオポルドヴィルの町に一泊する予定で、ビザも取って行ったが、入国管理官から、外国人旅客は空港を出てはならぬと申し渡された。

というのは、その前の晩、空港から町へ向かう途中の白人の農園が襲われ、一家が皆殺しにされたためとのこと。

一九五九年、レオポルドヴィルでの暴動に動揺して、ベルギー政府は急遽コンゴを独立させたが、ルムンバ首相対カザヴヴ大統領・モブツ将軍、さらにはカタンガ分離運動のチヨンベがからんで、ルムンバ首相の暗殺から内戦に突入、激化して国連軍が介入していた。

空港で、我々一行以外の唯一の日本人に出会った。大阪の繊維輸出商社のアフリカ巡回員の人で、二年前からアフリカ諸国を回り、旅券の全ページが、査証、入出国のスタンプで一杯になって合冊した日本旅券を、我々に見せてくれた。

その人が言うには、ポルトガル領の植民地には、身元、渡航目的を保証する現地在住の人がいないと入国査証が取れないので、我々のアンゴラでの合弁事業提携先に紹介状を書いてくれと食い下がっていた。

三　底抜けに明るいアンゴラの首都

レオポルドヴィルで乗り換えたアンゴラ航空は、双発プロペラのＤＣ－３型機で、当時最も安全性の高い機種といわれたが、座席はへたり込んでおり、豪雨と雷光の中で飛行する間中、機体が終始ビリビリと震えていた。

ところが雲海をとび出すと、突然、熱帯の太陽がふりそそぐ青い海が足下に見え、降下しながらＵターンした機体の窓から、ヤシの並木に縁取られた南欧風の町が見えてきた。

ルアンダの港は、大陸側から張り出したＬ字形の細い腕のような岬で囲まれた天然の良港である。その岬のつけ根が切れていて、短い橋でつながっているので、ルアンダ島と呼ばれている。川が押し出した土砂が、海流の力で大陸と平行に堆積して天然の防波堤をつくり、入り口一キロメートル、奥行三キロメートルぐらいの湾を形成、湾の中に浮かぶモーターボートやヨットの錨綱《いかりづな》が海底まで見えるほど、海水は澄んでいた。

この岬の上には、ヤシの林の中に、水色、レモンイエロー、ピンクなどの色の別荘が建ち並び、海からは常にそよ風が吹いている。

対岸の大陸側は、四、五階建ての古いオフィスビル、ホテル、銀行などが海岸に沿った低地に三、四列並び、その間に十七世紀のバロック様式の教会が頭をのぞかせている。

下町の背後には、地元の人が〝円形劇場〟と呼ぶ高さ七十～八十メートルの海岸段丘が取り囲み、その急な斜面に植えられた並木の間に、南欧風の住宅が連なっている。

湾の奥、大陸側の丘の上には、サン・ミゲルの古い砲台があり、逆に湾の入り口には、一万トン級の船が、同時に五隻接岸できる埠頭が突き出ており、税関の大きくて古風な倉庫がその根元をふさいでいる。ここから内陸部のコーヒー園が集中するマランジの町まで、旧式の鉄道が五〇〇キロメートル延びる。

ルアンダの町は、南緯十一度、年間平均気温二十四度、降雨量三六〇ミリと乾燥した土地で、建物の形・影がくっきりと見え、ブーゲンビリアの並木の花の色が浮き立って見える。当時、日本でほとんど唯一といってよいアフリカ諸国見聞記＝ジョン・ガンサーの『アフリカの内幕』で指摘していたと思うが、「ヨーロッパ人として初めてアフリカ西海岸に進出したポルトガル人は、アフリカ沿岸の最も美しい天然の港を基地にした」というだけのことはある。

一五七五年、パウロ・ディアス・デ・ノヴァイスが拠点を築いた、南部アフリカで最も古いヨーロッパ人の町である。

ただ、この美しい港町の背後の台地は、対照的にバウバウの木が点在するほこりっぽいサバンナが延々と続き、空港もその中にある。ルアンダの町の並木も、常に水をやり、根元から一メートルぐらいまでは、防虫用の白い石灰が塗られていた。

当時ルアンダの人口は、白人三万六〇〇〇、混血一万二〇〇〇、黒人十六万（アンゴラで唯一の地誌・商業事典『アントニット』による）とされており、サハラ以南のアフリカでは、ケープタウンに次いで白人人口が多い町といわれていた。ルアンダ港は、アンゴラ北部の大農園で栽培されるコーヒー豆の輸出港で、これらの豆はアメリカのインスタントコーヒーの主な原料となっていた。

我々がアンゴラに行く三年前、ルアンダ湾の入り口近くの北側の岬から初めて石油が出始めたが、そのあとでアンゴラの主要石油産地となるカビンダ（アンゴラ北方の旧仏領コンゴに囲まれた飛び地）の海底油田が、米系メジャーにより開発されることになる。

ルアンダには、精糖、木綿、肥料、セメント、食品等軽工業七十三社のほか、日刊紙三、週刊新聞三、ラジオ放送局三、総合病院のほか、開業医院五十四（女医八を含む）などが登録されていた。各住宅区に小学校があるほか、立派な植民地風の建物の公立中・高校（リセウ男・女別学）三校、商業高校、工業高校それぞれ一校、カトリック系中・高一貫教育校があり、さらにアンゴラで初めて総合大学を設立する途中の段階として幾つかの単科大学が活動していた。

映画館も、九〇〇席以上のものが三館、ドライブ・インシネマ一ヶ所、六〇〇〇席から二万二〇〇〇席に拡張中のサッカースタジアム、二十六面のテニスコート、水泳・ヨットクラブもあった。

四　ルアンダ蜂起とサンタマリア号乗っ取り事件

我々がアンゴラに到着した一九六一年は、アンゴラで初めて対ポルトガル独立武装闘争が始まった年である。

二月四日、政治犯が収監されていたルアンダの監獄を、数十人のアフリカ系住民グループが襲撃したが、撃退され、ポルトガル人警備兵七名、アフリカ側四十名が死亡する事件が起きた。翌日、ルアンダのポルトガル系住民の一部が武装し、前夜襲撃したアフリカ系グループが逃げ込んだといわれるスラム街を襲い、確認された遺体だけでも四十九、二月二十四日付ザ・タイムズ紙によれば、トラック五台分のアフリカ系住民の遺体が運び出されたという。

この事件の数日前、カリブ海の近くで、主としてアメリカ人観光客を乗せたポルトガルの豪華客船サンタマリア号が乗っ取られ、世界中の報道機関の注目を独占した。

この事件の首謀者は、元ポルトガル海軍士官エンリッケ・ガルヴァン艦長（キャプテンという階級は、陸軍では大尉だが、海軍では佐官を指す）で、アンゴラが十五の地方区に分けられていた頃、そのひとつの地方区の執政官を務めたことがあり、その時以来、植民地政策に疑問を持ち、本国の独裁者サラザール首相打倒運動に加わったとのことである。

同人の著書によれば、サンタマリア号乗っ取りに合わせて、ルアンダ監獄を襲撃する計画だったとのことであるが、乗っ取りは海賊行為と見なされて、近隣諸国の軍艦に包囲され、ルアンダには向かえず、ガルヴァンはブラジルに亡命し、他方、ルアンダの事件も連鎖反応を生まず、この二つの事件の関連性を疑問視する人たちもいる。

疑問視する人たちは、ルアンダ監獄襲撃は、収獄されていた政治犯たちが、別のポルトガル領の監獄に移送される期限が近づいたので襲撃したのではないかと推定している。後に、ＭＰＬＡ（アンゴラ解放人民運動）の指導者・独立後初代の大統領になるアゴスチノ・ネットは、当時カーボ・ヴェルデ島の監獄に収監されていた。

ポルトガル共産党と交流があったアンゴラの独立運動グループは、ルアンダを中心とする知識階級に限られ、それも混血の人たちが中核となって後にＭＰＬＡが形成されたため、ルアンダ以外の地方の部族、教育を受けていない大衆から遊離している欠陥を克服できず、独立達成後の内戦につながる。

五　アンゴラ北部の暴動

ルアンダ監獄襲撃事件の四十日後の三月十五日、コーヒープランテーションが集中するアンゴラ北部の高原の中心都市カルモナ（現ウィジ）市周辺で、数千人のコンゴ族が集団で白人の農園、商店、派出所などを襲い、女性、子供を含めた三〇〇人余りの白人と、一〇〇〇人余りのアフリカ系住民を虐殺する事件が発生した。

カルモナ市は、ルアンダから北東三一〇キロメートル、標高八五九メートルのコーヒーの集荷地で、一九一七年に初期のポルトガル人の入植があった。その後のコーヒー栽培の拡大とともに市に昇格し、当時、同市周辺には一九一一のコーヒープランテーションと一五六の新規開拓許可があり、ヨーロッパ系住民三〇〇〇人とアフリカ系住民二万五〇〇〇人が、主としてコーヒー栽培に従事していた。

カルモナ市周辺の不安定要因は、コーヒーの生産が、四年間で三十パーセント拡大したのに伴い、先住民とのトラブルになりやすい新規の未利用地開拓許可が急増したためと、他の地方からのプランテーションで働く出稼ぎ労働者が五〇〇〇人も急増したことである。ルアンダの新聞によれば、襲撃したグループは、山刀と一部の者は旧式の銃を持っていただけで、蜂起が組織的計画に基づくものだったか疑問であるとしている。

また、これらの集団が、ルアンダ監獄襲撃事件とは関係がなく、前年ベルギーから独立した北の隣国コンゴ（現ザイール）から国境を越えて侵入し、あらかじめ麻薬で恐怖心を麻痺させられて、プランテーション側のガードマンの発砲にもちゅうちょせず山刀を振りかざして突入してきたと報じていた。さらに、ポルトガル人より、ポルトガル人の農園で働くアフリカ系住民を、多数殺りくしたことを強調していた。

この事件をめぐって、アンゴラ北部で活動していた英国のバプティスト宣教師団が、なかなか独立を認められないアフリカ系住民に同情して、ポルトガル当局を非難する声明を欧米のマスメディアに流したことと、襲撃してきたグループから捕獲した銃が、旧式の米国製だったことから、プロテスタントの宣教師団と武装独立闘争集団との関連が、多くの憶測を交えて、ルアンダでは噂話となっていた。

ポルトガル側は、三月十五日の蜂起以前は、北部に二〇〇〇人のポルトガル兵と、ほぼ同数のアンゴラ兵を配置していたが、五月中旬に本土から二大隊の増援が到着すると、掃討作戦を開始し、六月中旬には平定したと発表していた。

六　ルアンダの町の日々

我々が到着した九月中旬のルアンダは、一見まったく平穏で、休日のルアンダ湾は、ヨット、モーターボートでにぎわい、人々は海辺のカフェテラスで、夕陽を眺めながら車エビを食べ、地ビールを飲んでいた。

休日に、提携先からランドローバーを借り、一人で運転して景色が良いといわれるルアンダ北方の水道の水源地を見に行った時、道路脇の窪地に網や木の枝をかぶせた戦車があるのを見、また、水源地の手前に検問所があり、パスポートの提示を求められた時、ようやく独立武装闘争があった気配を感じた。

当時の日本は外貨不足で、業務用海外渡航者は、一日二十五ドルか、または三十五ドルの二つのクラスに分けられ（我々一行の中では私だけ二十五ドル）、これではほとんど朝食付きのホテル代に消えてしまうので、ルアンダの町に安い食べ物を探しに出かけると、生まれて初めて東洋人を見たのであろう、十数名の子供たちに取り囲まれ、一挙手一投足を観察されたが、彼らの間ではさまざまなコメントが取り交わされていた。

子供たちだけでなく、散歩をしている老婦人など、筆者の顔を見てギクリとして立ち止まり、大げさに首をすくめたりされるので困った。まれに「ポルトガル領のマカオに水兵として行ったことがある……」などと話しかけてきた中年の男もいたが、ルアンダの町には、合弁事業の相手先の商社に、ポルトガル人と中国人の混血の魅力的な夫人が一人働いていただけで、インド系（ポ領ゴア）も数家族しかいないとのことであった。

町を走っているタクシー、バス、トラックは、ほとんどベンツ。自家用車はランドローバー、フォルクスワーゲン、米フォード、シボレーなど。日本車で唯一見かけたのはダットサン一台だけで、所有者をつかまえて尋ねると、南アフリカから個人的に持ち込んだものので、ほかに日本車はないであろうとのことだった。

ある日、街を歩いていると、数十人のアフリカ人が、口々に何か叫びながら街の中を走って行くのに出くわした。筆者も何事かと小走りについて行くと、突然二人の中年の男が脇に来て、ニコニコしながら腕を組んできて、「警察の者ですが、パスポートを拝見したい」と言い、通りに面したレストランに連れ込まれた。二人とも私服なので怪しいと思ったが、レストランの中には他の客もおり、あるいはダイヤモンド専売公社の取締り官かとも想像し、パスポートを見せると、アンゴラ滞在の目的、宿泊先、滞在予定期間などありきたりの質問をし、「どうして日本人がポルトガル語を話せるのか」「先生は誰か」など雑談を続けた。当方より、「さっきアフリカ人が何か叫びながら大勢走って行ったが、何か事件がありましたか?」と尋ねると、「アフリカ人同士のケンカか何かでしょう」とのことであった。

七　アンゴラ中部の港町ロビット、ベンゲラ

我々空路でルアンダ入りした先遣隊は、日本から魚粉加工母船が到着するまでの約一ヶ月間、総督府、港湾局、税関等への挨拶、提携先との打ち合わせを行い、イワシを供給する現地の主な漁船主を訪問し、漁船、漁具を見て回ったり、早朝地元の魚市場に通い、冷

凍して日本に持ち帰れば利益を生みそうな魚種を調べていた。

アンゴラの沿岸漁業の入会権は、北部・中部・南部の三地区に分かれ、それぞれの監督官庁（港湾局）が、ルアンダ、ベンゲラ、モサメデス（現ナミベ）の各市に置かれていた。

我々の魚粉加工母船は、北部の漁区（ルアンダ）の漁船からだけでは、原料のイワシの供給が不足するおそれがあったため、特例措置として、中部ベンゲラの漁船の一部がルアンダ漁区まで移動して、原料供給に加わる許可を得ていたので、部長の一人のお伴をして、筆者もベンゲラを事前に訪問することとなった。


〈ベンゲラ〉

アンゴラの沿岸は、南極海の近くから北上してくるプランクトンを多く含んだベンゲラ海流に乗ってイワシが湧き、それを追ってマグロなども集まる南米ペルー沿岸に似た豊かな海域で、その中心がベンゲラ市である。

ベンゲラは、陸路でルアンダから南へ六二四キロメートル、通常は毎日航空便があるロビット空港を経由して、ロビットから陸路三十キロメートルの地点にある。一六一七年、ポルトガル人の拠点ができ、ルアンダに次いで古い町で、街路樹が繁茂する町並みの中、一六五二年に建てられた青いタイル張りの古い教会が残っている。

ベンゲラ市は、サトウキビ、トウモロコシ、フェイジョン豆の畑が続く沿岸平野の中にあり、深く入り込んだ湾がないので大型船舶の錨泊地はなく、漁船のたまり場しかないので港町の雰囲気はない。しかしアンゴラ内では最も水産業の盛んな町で、年間三万二〇〇〇トンの魚粉、三三〇〇トンの魚油、一万一〇〇〇トンの塩干魚（ひらき＝アフリカ人の主要な蛋白源）を産出していたが、ベンゲラの輸出・入産品は、すべて三十キロメートル離れたロビット港経由で行われていた。一九六〇年当時のベンゲラの市街地人口は、アフリカ系住民を含め四万二〇〇〇といわれていた。

ベンゲラで、イワシ巻き網漁船を六隻持つポルトガル人漁船主の家を訪れた時のことである。昼食のもてなしを受け、訥弁《とつべん》の漁船主が、自分はポルトガル南部アルガルヴェ地方（地中海の入り口）出身で、二十歳まで漁船の乗組員をしていて、無一文でアンゴラに移住し、今は六隻の漁船主になったいきさつを語るのを傾聴していた。

それまでに訪れた他の漁船主の家では、おしゃべり好きの夫人が、日本人を珍しがって出てきて、日本についての話がはずむのであるが、このお宅は夫人が出てこない。

つい、うっかり「奥様はお出かけですか？」と尋ねると、

「さっき皿を運んできたのが、家内です」とのことであった。

その人は、皮膚の色が真っ黒な人であった。あわてて、

「それでは一緒にお話でも」と言うと、

「いや、日本の人たちが、皮膚の色の黒い人間をどう思うか分からなかったので、同席させませんでした」とのことであった。

漁船主の家には、魚群探知機や漁船のウィンチ、漁網などを売り込みに来る南アフリカの人や、ドイツ人が訪れると言っていたので、前に何か不愉快なことがあったのかと暗い気持ちになった。

ポルトガル人は、人種偏見がないといわれるが、むしろ皮膚の色の違う人と共存するのに慣れていると言うべきか、バスの中でも、アフリカ系住民の隣に、べったりくっついて座るし、貧乏なポルトガル人は、アフリカ系住民の貧民街に住んでいた。大航海時代以来ポルトガル人は、オランダ人、イギリス人に比べ、異人種との婚姻率が高いと言われてきた。

〈ロビット〉

一九〇二年、アフリカ大陸横断鉄道（アンゴラ内ではベンゲラ鉄道）建設計画が英系資本によって提出された時、ベンゲラには大型船舶向けの錨泊地がなかったので、そこから三十キロメートル北の天然の錨泊地ロビット湾に港を建設し、鉄道の終着駅とすることになった。当時ロビット湾沿いには、七人のポルトガル人しか住んでいなかったといわれる。ロビットの町も、ルアンダと似て、大陸側からL字形の長さ三キロメートル、幅四〇〇〜六〇〇メートルの砂州が張り出し、天然の防波堤となっている。初めてこの砂州に行った時、ヤシの並木の頭越しに突然大型船が現れ、座礁して今にもこちら側に倒れてくるような錯覚を覚えた。

この砂州全体が埠頭化（水深一〇・五メートル）され、根元に大陸横断鉄道の終着駅がある。砂州の中に市役所、郵便局、さらに砂州の先端近くに、文字通り〝終着駅ホテル〟があって、そのフロントに優雅なハスキーボイスのフランス人のマダムが座っており、フランス映画の昔は浮き名を流したが、今は落ちぶれてアフリカの港に流れ着いた主人公というような雰囲気をかもし出していた。

大陸横断鉄道は、コンゴのカタンガ州の銅鉱石、ザンビアの鉱石を大西洋側に運び出す計画で建設が始まったが、ロビットから沿岸平野を抜けてベンゲラへ、ベンゲラからは、内陸に直角に曲がってウィラ高原に向かってジグザグに登り、沿岸から四十二キロメートルのノヴァリジュボア市（現ウアンボ）では、標高一七〇〇メートルに達する。一九〇二年当時、ウアンボ周辺でバイルンドゥ族の大叛乱があったこともあり、カタンガ鉄道やザンビアの鉄道に連絡したのは一九二九年〜三一年であった（アンゴラ国内は総延長一三四八キロメートル）。

この大陸横断鉄道が通っているアンゴラの中部高原こそ、独立後、反政府ウニッタ党の根拠地、オビンブンドゥ族の本拠地で、アンゴラ内戦の全期間にわたって、この鉄道の攻防・破壊が繰り返され、戦闘の重要な舞台となった所である。

一九六〇年当時のロビット港は、荷扱い量年間一三六万トンで、人口は白人八〇〇〇、混血一一〇〇、黒人四万三〇〇〇。ルアンダの町の四分の一ぐらいの規模で、ルアンダのような歴史は感じられなかったが、近代的な町であった。市街地は、埠頭のある砂州とその根元の部分だけで、湾を隔てた大陸側は荒れ地のままであった。

ロビットにある提携先の支店を訪れると、支店長がアフリカ人の運転手に、私をロビットの町見物につれて行けと命じた。

運転手は、あまり大きくない市街地を五、六分往き来すると、何も言わず、湾を隔てた大陸側の海岸段丘の上へ舗装のない道を通って登り、車を停めた。ロビット港の全体が見晴らせる場所かと思い、車を降りると、運転手は黙って十メートルぐらい下の帯状の段になっている所を指差した。

そこは、三十センチぐらい土が盛り上がったマウンドが六ヶ所ほど並んでおり、「何か？」と尋ねると「アフリカ人ナショナリストが処刑された所だよ」とむっつりとして答えた。

ロビットでも、一五〇〇人程度のデモ隊と警官隊が衝突したという新聞記事は読んでいたが、まさか指導者が処刑されたとは……と言葉を失い、眼下に見えていた美しい港の景色が急に色彩を失い、カラーから白黒に反転したようなショックを受けた。

運転手はさらに、「ルアンダでも公開処刑が行われた」とつぶやいたので、先日、あのルアンダで大勢のアフリカ人が何か叫びながら走って行き、その後を追おうとした私を、私服の警官と名乗った男たちが引きとめた時ではないかと疑ったが、確かめるすべもなかった。

八　日本・アンゴラ合弁事業第一号

ポルトガルのサラザール政権は、第二次大戦中、中立を保ち、連合国、枢軸国双方の物資を輸送して、海運国として成長する（豪華客船サンタマリア号、その姉妹船、リスボンに造船所設立等）。一方、外国資本の支配を極度に警戒し、海外植民地への外国銀行支店設立禁止など、一九五〇年末まで、事実上門戸を閉ざしていた。

元コインブラ大学財政学の教授だった敬虔《けいけん》なカトリック教徒サラザールは、財政支出を切りつめるのみでなく、モザンビックから南アの金鉱山に出稼ぎに行くアフリカ人労働者

十万人前後の賃金を、一括して政府が金塊で受け取り、モザンビック国内の留守家族には
ポルトガル紙幣で支払うという方法で金塊をため込み、一九七四年まで、日本より多い金
準備高（ポルトガルの総人口は伝統的に日本の十分の一）を誇っていた。ポルトガルの通
貨エスクードは、スイスフランに次いで安定した通貨といわれ、開発のための資金調達は、
外資に門戸を開きさえすれば可能と見られていた。

他方、本国の経済発展多年度計画実現の上で、ますます障害となってきた技術革新の立
ち遅れを埋めるためにも、一九五八年頃から、外資導入を促進する政策に切り換える。
また、植民地については、英領、仏領における独立運動、相次ぐ独立達成と対照的に、
ポルトガルは旧体制の植民地を保持していたため、国連加盟を一九五五年まで何回も引き
延ばされたことなどから、国際的な孤立感を深めていた。そこで外資を引き込み、先進国
経済と運命共同体を築こうとする政治的意図もうかがえた。

アンゴラに対する投資国としては、南ア、西独が先端を切り、次いで日本が合弁事業第
一号に乗り出すこととなる。

北洋水産株式会社は、日・ソ漁業交渉のきっかけをつくった大西廉作氏が、オホーツク
海のカニ加工母船一船団分の漁業権を得たのをきっかけに、下関の以西底引網漁船主の台

田氏と共同で、日本水産や日冷の社員の一部を引き抜いて設立した新しい会社であった。

カニ缶詰から、さらに北洋のスケソウダラなどを原料に、魚粉・魚油を作る事業を追加。借入金で魚粉加工母船を購入（タンカー日進丸を改装）したが、カニのような単価の高い産品とは異なり、魚粉（主としてニワトリの餌）・魚油では、漁期が一年のうち四、五ヶ月に制限される北洋事業の採算が取れなかった。

そこで、北洋の漁期が終わる秋以降、南半球にこの母船（一万一〇〇〇トン）を回航し、現地の漁船からイワシなどを買い、母船上で加工する事業を計画していた。

他方、アンゴラのウニアオン社は、英国ランドローバー車のアンゴラにおける総代理店業を中心に、その他の輸出入業、あるいは火薬製造を営み、ルアンダ市の目抜き通りに四階建ての自社ビルを所有していた。その数年前、ルアンダ近郊のカクアコに六隻のイワシ巻き網船と桟橋、魚粉加工工場を持つ水産会社が破産しかかったのを買収したが、水産業には不案内で、提携先を探していた。ウニアオン社のカルヴァリョ会長が、日本の総合商社のロンドン支店に話をもちかけたと聞いている。


アンゴラにおける日本・ポルトガル企業合弁事業第一号の概要は、

1．北洋水産は、魚粉加工母船を、一九六一年十月から三ヶ月アンゴラ海域に派遣し、ウニアオン社が契約する現地漁船五十隻以上から魚粉の原料となるイワシ等を、加工母船の処理能力一杯まで買い上げる。

2．北洋水産は、ウニアオン社を受益者とする外貨建て信用状を開設し、月毎にまとめて決済し、他方ウニアオン社は、現地漁船との契約に従い、現地通貨で現地漁船主に支払いを行う。

3．ウニアオン社は、加工母船の処理能力に見合う原料を確保するため、ベンゲラ漁区に入会権を持つ漁船がルアンダ漁区で操業できるよう特別の許可を手配する。

4．日本より以西底引網漁船一統（二隻でひとつの網を引く）を派遣し、領海を含めアンゴラ沿岸で試験操業ができるよう、ウニアオン社が特別の許可を取る。試験操業の漁獲物は北洋水産のものとするが、試験操業の網を入れた日時、地点、水温、網を引いた方角、漁獲高・魚種・数量等のデータを、ポルトガル当局宛、書面で報告する。

なお、ポルトガル政府統計院によれば、一九六〇年のアンゴラ全土で陸揚げされた主な漁獲物は、アジ九万三七五トン、イワシ六万六九二トン、鯛類四三九七トンなど、年間総漁獲高は二十五万トンであった。

イワシの約半分は、アンゴラ沿岸十数ヶ所に散在する中・小魚粉加工工場に引き渡されるが、残りは塩干魚（日本のひらき状）にして、アフリカ系住民の重要な蛋白源になるとのことであった。

九　操業

母船廉進《れんしん》丸は、原料のイワシの処理・加工・魚油製造プラントを動かす作業員三〇〇名余、船を動かす固有船員四十名ぐらい、北洋水産社員十数名、合計四〇〇名弱を乗せ、予定どおりルアンダ港に到着した。

アンゴラにおける日本・ポルトガルの最初の合弁事業なので、総督を主賓に船上でレセプションが行われ、海軍の士官を主とする港湾当局、地方の名士、地方紙、ラジオ局、本国の通信員などが押しかけ、地方紙の一面を飾る報道ぶりであった。

提携先のウニアオン社のうちの数名、港湾当局、海軍士官などは英語が話せたが、その他の人たちはポルトガル語しか話せず、曲がりなりにもポルトガル語が話せるのは、日本人側では筆者一人だけだったので、目の回るような忙しさであった。

翌日から、ルアンダ湾の入り口の沖合いに廉進丸を錨泊させ、イワシを供給する漁船を待った。

ところが、こちらが用意万端、待ち構えている鼻先を、現地の漁船が素通りして行く。昼過ぎまで待っても一隻も寄らず、今回の操業の責任者の部長が、顔を引きつらせて、英語の達者な課長を連れて、モーターボートで提携先に向かった。

結果、判明したことは、もちろん北洋水産とウニアオン社の間では買魚契約が結ばれていたが、ウニアオン社と現地漁船主たちの間では、漁船主の要求する原料のイワシの価格を、ウニアオン社が受け入れなかったため、買魚契約がいまだ署名されていなかったのである。

漁船主たちは、現地紙の報道で、日本からはるばる四〇〇名近くの人間を乗せてやって来た母船は、一日数百万円の経費がかかるという記事を読んで、我々の足元を見、ねばればイワシの売却価格がつり上げられると踏んだのであろう。

外見は素朴そうなポルトガル人の網元たちが、商売のこととなると、したたかな駆け引きをするのを見て、一四九八年、ヴァスコ・ダ・ガマがアフリカ東海岸のイスラム商業都市国家や、インドのマラバール海岸の首長たちとの接触で、さまざまな駆け引きをした歴史的残像と思わず重ねて見てしまった。

結局ウニアオン社は、漁船主たちの要求をほぼ受け入れ、何人かの漁船主と契約を交わしたが、その間三日ほど、まったく無益に過ごしてしまった。

四日目だったと記憶しているが、頼みの綱のベンゲラから十数隻の若干大型（八十トン以上）漁船がルアンダ沖に到着し、イワシを供給し始めると、いまだ渋っていた残りの漁船主たちも、一斉に供給を始めることになった。

母船の前甲板に、網目の付いた計量タンクを、左舷、右舷に二つずつ設置した。母船に接舷した四隻の漁船の船倉に、まず海水を注入し、強力な吸引ポンプで、高さ七メートルぐらいの母船の計量タンクまでイワシごと吸い上げる。

ここで、まず漁獲量の計量のことで問題が起きた。漁師たちに言わせると、

「母船側のポンプの力が強過ぎて、イワシがちぎれ、内蔵や血が流れ出てしまうので、体積が目減りしてしまう」とのこと。こちらは、

「普段陸上の魚粉加工工場に陸揚げする時だって給水ポンプで吸い上げているのだから、目減りしているというなら証拠を示せ……」

漁労長たちは、陸上の魚粉工場に供給するのより二割方減ると、口角泡を飛ばして延々と不満を述べる。

この際、彼らは、両手を背中の方に回して組み、ペンギンのような姿勢をとって、胸を突き出し、ぶつかってくる。暴力をふるった方が悪いと判断されるので、暴力はふるって

いないというジェスチャーである。

日本でも漁師は、昔ハカリのことで血の雨を降らすといわれたそうである。幾世紀も前に世界の海に乗り出したポルトガル人の知恵か？　結局、操業中母船に寝泊まりし輸出認証していたポルトガルの税関吏（二人）に裁定するよう頼んだが、責任を負いたくないのか、なかなか同意・協力したがらなかった。海の上ではポルトガル語しか通じないので、これらの不満に対し、廉進丸に乗船している唯一のウニアオン社のリマ氏（同社に買収されたカクアコのもと漁船主）と筆者の二人で対応し、すっかり声が嗄《か》れてしまった。

漁船主の中には、体重が重くて、ナワ梯子を六、七メートル、母船の上まで登って来れない人もいるので、その場合、二十四歳の筆者が伝票を口でくわえてナワ梯子を下り、サインをもらいに行かねばならない（リマ氏は六十歳過ぎ、体重九十キロ）。一万トン以上の母船と、六十〜八十トンの漁船では、波のうねりによる上下動が違うので、タイミングをはかって、イワシの血でヌルヌルした漁船の舷側に乗り移らねばならない。しかもイワシの血で集まった二メートルぐらいの鮫が、漁船の周りを回遊しているのである。

大多数の漁労長は、甲板の上での計量が済むと、やれ魚網の補修のためのナイロン糸をくれだの、壊れた西独製の魚群探知機（メンテナンスの部品なし）を修理してくれだの、いろいろな要求を出す。さらには勝手に廉進丸の船室をのぞき回り、現地の物産（ヒョウの毛皮、インコ、ダイアモンド）と日本製品（カメラ、８ミリ、日本人形、グラビア雑誌等）の交換を乗組員に持ちかけ、筆者に通訳してくれと要求する。これが何週間も続くので、筆者がキレて「ポルトガル人は世界一強欲な物質主義者！」と面と向かって叫んでも、「だからポルトガル人は世界を発見したんだ」とうそぶく。

毎日六十～七十隻の漁船が、入れ代わり立ち代わりやって来る上、部長の命令で、魚船間の魚場・魚獲高の無線の交信も傍受せねばならない。夜十二時頃やっとベッドに入ると、午前二時頃には、最初の漁船の汽笛で起こされる。睡眠時間は二、三時間の日が多く、トイレに腰掛けるとそのまま眠ってしまい、船中の拡声機の呼び出しで目が覚める。日曜日だけは漁船が来ないので、ほっとしていると、総督府、港湾局、提携先のお得意様、新聞、雑誌、ラジオ局の方々が、家族を連れ、レクリエーションを兼ねて、モーターボートで、日本から来た魚粉製造一貫工場を備えた母船を見学にお越しになる。

これだけ多くの人々がコミュニケーションを必要としているのだから、ポルトガル語を話す仲介者が一人というのは、物理的に無理である。オホーツク海の北洋漁業で、たまに訪れるロシアの官憲に対応するためのロシア語通訳とは、わけが違うのである。

十　アフリカ人の試験雇用

各漁船には、通常ポルトガル人が三、四人（船長兼漁労長、機関士兼ラジオ通信士、甲板作業の監督）と、アフリカ人二十〜三十名が乗り組んでいた。アフリカ人の中には、機関士の代わりをしたり、率先して漁労長の片腕風の仕事をする者が、各船に一、二名いたが、他の人たちは、並んで網をたぐり寄せる時など、よくもこれだけ力を抜いて働いている格好ができるものだと思うほど、無気力に見えた。

ポルトガル人乗組員の中に、小さいピストルを腰のホルダーに挿している者を見かけたので、何のためかと尋ねると、鮫を撃つためと答えていた。

廉進丸の魚粉・魚油製造プラントを動かしている作業員の人たちは、例年北洋で働いている人たちばかりではなく、過半数は、東北地方からの出稼ぎの人たちであった。廉進丸のアンゴラでの三ヶ月の操業に対し、日本からの往復の航海に五十〜六十日もかかるので、現地のアフリカ人を作業員として試験雇用してみることになった。

当時、アンゴラの経済発展もあって、一般に労働力が不足していたうえ、国連の場では、ポルトガル領の植民地で法律上撤廃されたはずの強制労働が、事実上残っていると批判されていた最中だったので、提携先はアフリカ人労働者を集めるのを相当いやがった。

強制労働の仕組みは、通常納税の義務は、所得が一定以上ある場合に課せられるが、自給自足農業を営んでいるアフリカ人は、それだけの所得がない。他方、地方政府は、道路の整備、水道、保健衛生等にあてる財源が不足している。そこで所得が一定額に達していない場合でも、成人男性一人当たり一定の人頭税を課し、これが支払えない場合、一年のうち通常三十~四十日、工事現場やプランテーション、製造工場、漁船などで働いて、雇用主に人頭税支払いを肩代わりしてもらうという制度である。

これが応々にしてプランテーション等の労働力調達の道具として悪用されることがあった。一年のうち三十日労力奉仕するという起源は、ヨーロッパ中世の十分の一教会税を起源としているという説もある。

提携先は、人頭税納税の肩代わりとしてではなく、日本の魚粉加工母船で働きたいという本人の意思を確認、署名させたうえ、水準以上の賃銀も約束して、三十名派遣してきた。

廉進丸の甲板上の風通しの良い所に、木材で小屋を建て、マットレス・毛布を備えて、少しずつ日本人作業員を真似て、イワシの運搬、処理などを始めた。

ところが、一週間過ぎた頃、本社から電報が入り、即刻アフリカ人たちをウニアオン社に返せと指図してきた。

本社からの電報によると、廉進丸の固有船員（船を動かす人たち）から、全日本海員組合に連絡があり、アンゴラで廉進丸が強制労働の試験雇用を始めたとのことなので、全日本海員組合として、断固これに抗議する旨、申し越した由。固有船員の人たちは、北洋水産の労働組合には所属せず、日本で最も古い部類に属する産業別組合＝全日本海員組合に所属しているので、自由な行動ができるのである。北洋水産としては、全日本海員組合に盾つくと、船員の雇用が難しくなるので、穏便に済ませたいとの趣旨であろう。やむを得ず、アフリカ人労働者を陸に帰した。

廉進丸のように、一定の場所に一ヶ月以上も錨泊していると、固有船員の人たちは、ほとんどすることがない。一部の人たちは、船室の外側の錆落としやペンキ塗りをしていたが、他の人たちは釣糸を母船からたらしていた。それでも固有船員は乗船手当てがつくので、睡眠時間二、三時間の水産会社の平社員より、船の食堂のボーイの方が給与が良いとのことであった。強制労働に従事させられているのは、筆者たちではないかと思ってしまった。

一日の労働が終わった後、夕涼みの甲板の上で、筆者はアフリカ人の長老二、三人と、彼らの所属する部族、言語、個人史など既に言葉を交わし始めていたので、中断してしまったことは誠に残念であった。また、日本から大勢の作業員を連れて行くことは、魚粉加工の事業の採算性を危うくするので、この事業が継続できるか否か暗たんたる気持ちにさせられた。

十一　操業結果

操業開始約一ヶ月後、急に赤潮（プランクトンの死骸）が発生し、イワシがほとんど獲れなくなった。そこでルアンダから南へ約三〇〇キロメートルのポルトアンボイン沖合に廉進丸を移動させ、漁場を変えることになった。

ポルトアンボインは、ルアンダとベンゲラのほぼ中間地点にあり、輸出量では第三位だが、小さな岬の内側に、最大二、三千トンの船が一隻接岸できる桟橋があるだけで、港という感じはない。内陸部へ、トロッコ列車の通るようなレールが残っていたが、内陸部には幾つかのコーヒー園、ココナッツ園があるだけで、沿岸には三隻の漁船を持ち、最も熱心にイワシを供給してくれた船主の、小さな魚粉製造施設があった。

ここでは赤潮は見られなかったが、魚粉に加工するには歩留まりの悪い小さい魚ばかりが網に入るようで、ルアンダ港船籍の小型漁船は、「ルアンダから遠く離れすぎる」と言って、参加しなくなった漁船も二十隻近くいた。

操業結果は、予定していた魚粉製造量の約六十パーセント（魚粉五五〇〇トン、魚油約一〇〇〇トン）で、試験操業をした以西底引網漁船一組が水揚げした約一五〇〇トンの冷凍魚を日本に持ち帰れたことが収穫で、最終的には相当の赤字となった。

アンゴラの帰路は、外貨節約のため廉進丸に乗って帰ったが、マラッカ海峡通過中の夜空に、初めて人工衛星の白い航跡を見たし、キューバ危機が勃発して、日本に帰着する時、日本はどうなっているか、が話題になっていた。

十二　アンゴラ南部沿岸への冷凍船派遣

第一回目の失敗を取り戻そうと、一九六二年に試験操業の以西底引網漁船の調査結果に基づき、アンゴラ南端のバイーア・ファルタ入江に、焼津からチャーターした一二〇〇トンの冷凍運搬船を回航し、筆者も乗船して、現地の漁船約三十隻から鯛を買い、冷凍して日本に持ち帰る事業を試みた。

買い入れた鯛のうち真鯛はほんの一部で、大部分は赤っぽいえびす鯛（ポルトガル語では、いずれも「カシューショ」）で、ちょうど日本の大手水産会社が、大西洋から同種のえびす鯛を日本に多量に持ち込んだことから値崩れが起き、この事業も赤字になることが明らかになった。

そこで、買魚契約の終了前に、ポルトガルの港湾当局（入・出港許可から漁船の船体検査、漁業許可まで広範な権限を有する）に働きかけて、強引に買魚契約をキャンセルした。キャンセルする時、港湾長（海軍中佐）は漁船主を集めて、今後の日本との合弁・協力事業の発展の可能性を強調していたが、漁船主たちは、鯛を買ってもらうため、漁船を修理したり、網を新調したり多額の投資をしたので、怒りをぶちまけ、その矢面に立たされたのは筆者一人であった。

帰路、一二〇〇トンの冷凍運搬船で、荒天のインド洋を、ブリッジまで波をかぶりながら横断中、筆者はマラリアを発症し、連日熱にうかされる中で、会社を辞めることにした。

その翌年、会社自体も、以前からの負債も重なり、すべての事業を縮小して清算会社になった由。

筆者は、無気力状態に落ち入り、失業保険を受け取りに行った帰り、府中競馬場や多摩川競艇に立ち寄りサイフが空になって、立川の実家まで歩いて帰ったこともあった。

職安からは、精密機械の海外セールスエンジニアの就職口を紹介され、面接も受けていたが、理工系の素養がないと勤まらないと思い辞退したこともあった。

気落ちした状態から回復したきっかけは、母校のラグビー部から、若手ＯＢの試合に出ないかとの連絡があり、参加したことである。現役の対戦相手のＴ銀行の最近結成したばかりの社会人チームのバックローセンターを任され、ディフェンスラインを抜いてくる現役のバックスを外に追い出し、次々に踏み込んだタックルで倒し、自分でも一トライをあげ、闘争心が湧き上がってきたのである。

それから六ヶ月は、図書館に通い、外務省の中級試験を受ける準備をした。試験では選択外国語で、ポルトガル語を選んだことが有利に働いたと思っている。

十三　一九六四年、外務省入省

四月に入省して、六ヶ月間大塚の外務省研修所に入り、世界情勢・日本の外交方針、日本の伝統文化等の講義を聴き、エチケットとプロトコル、英会話、電信解読などの実務研修も受けて、中南米課配属となった。

当時、中南米課では、メキシコ、中米、ブラジル、アルゼンチン、ペルーなど国別に長年の現地勤務の経験を持つ五十歳台のヴェテラン課員が、一国一城の主のように権威をもって、それぞれの国を担当していた。

新入りの筆者は、ブラジル担当官の助手として、来日するブラジルの州知事、連邦議員、ジャーナリスト等々の空港への出迎え、訪問先アポイント取り付け、随行通訳など、旅行エージェント並みに忙しいこともあった。

また、一九六〇年代の後半は、カリブ海の元英領トリニダッド・トバゴ、ガイアナ、オランダ領のスリナムなどの独立が続き、外務省内の担当も、英連邦課から中南米課に移管されてきた。

中南米課のヴェテラン担当官の方々は、「わしは、ガイアナなどに行ったことはないわ」とのことで、緊急の懸案もないことから、新参の筆者が名目上の担当ということになった。ただトリニダッド・トバゴの総督（独立後の同国におけるエリザベス女王の名代＝英国大使）が台湾政府に招待された帰り、日本に三日間立ち寄るので、外務省賓客として、おもてなしすることが急遽決まった。

国会議事堂内での首相への表敬の際、通常、衆議院事務局の英語の通訳が手配されるところ、不在で、米国の大学を卒業した首相が突然「外務省の通訳はどこだ！」と声を荒らげたので、普段ポルトガル語の通訳しかしなかった筆者が、英語で四苦八苦したこともあった。

中南米課では、留学生・中級試験で入省したヴェテラン担当官の処遇を見て、当時急増していた大学の中南米研究講座への転身を目指して、米国の大学院留学のためのフルブライト奨学金に二回挑戦したが失敗し、ついにアマゾン河口の在ベレーン総領事館に押し出される辞令が出たので、叔父の近所に住んでいた現在の家内と二週間の間に三回会い、急遽結婚することになる。

第二部　アマゾンの脱獄

一　美人コンテスト（一九六八年）

扉をドンドンたたいている者がいる。

起きようとするが、手足に力が入らない。ああ、ここは自宅ではないなという意識が戻ってきた。なにしろ、日本とは時差が十二時間だから、日本は今、日曜の午前三時頃のはず。白いペンキで塗られたよろい戸のすき間から差し込む光の中で、ベッドが狭い部屋の大部分をふさいでいる。

扉がたたき続けられるので、パジャマの下だけでベッドをはい出し、「どなた？」とポルトガル語で尋ねると、「地元のテレビ局の者です」と名乗った。

アマゾン河口近くにある、当時人口六十万都市ベレーンの二番目の格付けのホテルだから、大丈夫だろうとドアを少し開けると、太い黒縁眼鏡のでっぷりした男と、極端にやせた浅黒い皮膚の女性が立っていた。

「今夜、当地の五大スポーツクラブから選ばれる代表の間で、パラー州代表の美人を選ぶコンテストがあるので、審査員になってもらいたいんです」

「こちらは、昨日、日本から着いたばかりで、何も分かりませんので、ほかの方に頼んでください」

「いや、当地に誰も知り合いがいない方が、審査員として公平なので、ホテルを回って頼んで歩いているんですが、あと二人足りないんです……コンテストの参加者の中に、今回日本人の娘さんはいないので、せめて審査員として、当地で重要な日本人コロニアを代表して参加してもらいたいんです」

「でもテレビに映ってしまうのでしたら、私は日本総領事館で働くため当地に来たのですから、総領事の許可をもらわないと……」

「そうでしたらご心配なく。テレビ局の方で総領事様から許可をもらいますので……当地には、テレビ局は二つありますが、片方は全国ネットワークで、美人コンテストの中継はしませんし、わが社だけが地元で育った唯一のテレビ局です」

「日本人コロニアを代表してということなら、ほかに適任者が……」

「審査員として、当地に知り合いがない人を探してますし、もうあと数時間でコンテストが始まってしまうんです」

　で、とうとう押し切られてしまった。

ベレーンの街は、ほぼ赤道直下にあり、乾期と雨期の違いはあるが、一年中、昼は三十五度、湿度八十パーセントぐらい。ただ三階ぐらいの高さのマンゴーの並木が縦横に走り、日中は木陰をひろって歩けるし、夕方は強いスコールが、石だたみの路をきれいに洗い流すと涼しくなる。アマゾン河に沿った古い下町の少し高くなった背後に三角形の広場があり、アマゾンのゴム景気の時代に建てられたオペラハウスがある。美人コンテストは、オペラハウスと道をへだてたホテル・エクセルシオールのサロンで行われた。

横一列に並んだ審査員は十名。隣の審査員はコロンビア人のビジネスマンで、このホテルに泊まっていたところを駆り出されたという。

ホテルのサロンに置かれたテレビで、五ヶ所のスポーツクラブの施設等の紹介が始まった。

農牧業を経営している人たちが中心の、一番古いポルトガル系クラブ。
イタリア系の軍人、公務員、教職員が多いクラブ。
商人、特に繊維・衣類関連の人たちが、大多数を占めるシリア・レバノンクラブ。
弁護士、医師、建築士等専門職の人たちが中心のクラブ。
テニス愛好家たちが結成した最も新しいクラブ。

それぞれのクラブが、町の郊外に小さい観客席のついたサッカーグラウンド、テニスコート、プール、室内体育館、レストランなどを持つ。

例えばプールで泳ぐには、公営のプールがないので、いずれかのクラブの会員になる必要があり、クラブが最大の社交場ともなっているので、スポーツクラブに所属することが中産階級以上のステータスシンボルとなっている。

テレビ局の人に尋ねたら、一つのクラブが、数千人から一万人ぐらいの会員を持っているだろうとのこと。

各クラブの紹介のあと、静止画像が長々と続き、我々審査員の短い紹介があった。その後、各クラブでの美人コンテストの予選がなかなか進行せず、我々審査員一同、ひたすら待たされた。四時間ぐらいは待たされたと思う。

日本との時差で、私は知らない間に居眠りしていたらしく、隣の家内から、テーブルの下で足を踏まれて起こされたが、それでも一時間ぐらいすると、自分でも気づかずに、審査員のテーブルにうつぶせになって眠ってしまったらしい。テレビ局は、映すものがなくなると、テーブルにうつぶせで眠っている私の映像をアップし、「日本人の男性は、ブラジル女性の魅力に関心がないらしい……」などとコメントしていたと、あとで聞かされた。

深夜になって、やっとホテルの外がにぎやかになると、各クラブから一名ずつ選ばれたミスたちが、カーニバルの時のような薄着で一人一人オープンカーから降りてきた。審査員の前を、アクセサリーをきらめかせながら歩き、質問に答えていた。

不思議なことに、各人の容姿はあまり印象に残っていないが、強烈な香水の香りで、頭の芯が痛くなるほどだったことは憶えている。

それでも、ぬれたような肌の色に、銀色の衣装が似合っていたシリア・レバノン系の娘さんに一票を入れた記憶がある。

二　殺人現場

ベレーンの日本総領事館は、本省から総領事はじめ、移住担当の領事、電信会計を扱う領事と私を含め四名が派遣されており、私はポルトガル語を使う渉外担当であった。

着任早々、気温のせいか、アンゴラでかかったマラリアの熱病がぶり返し、三日間高熱にうなされていた。

総領事館に出勤し始め、各方面への挨拶回りを終えたあとの最初の仕事は、地元の警察からの電話で、日本人らしい男の遺体が発見されたので、遺体確認に立ち合ってほしいという用件だった。

場所は、ベレーン市から十キロメートル足らずのモスケイロ島である。この島は、アマゾン河に沿った長さ約五キロメートル、幅一キロメートルぐらいの小さな島で、本土とは二〇〇メートルぐらいの狭い水路で切り離されている。島の大部分は森林で覆われているが、川岸はアマゾン河では珍しいザラメ状の砂浜で、涼しい風が吹き抜ける木陰も多い。スポーツクラブに入れない庶民が土・日になると、ベレーンの下町から出るフェリーに乗って日帰りで水浴びにやって来る。島には人家が一〇〇軒ぐらい、小さな岬の先には、英国の小説に出てくるような水色の板壁のホテルがあり、四、五軒のバーというかキャバレーもある。

遺体現場に早く着くには、ベレーン市からフェリーで行くのではなく、陸路を十五キロメートルほど車で行って、二〇〇メートルぐらいの幅の水路を、ケーブル付きの台船に車を乗せ、引いてもらって島に渡るのであるが、水浴客の多い砂浜とは島の反対側からアプローチすることになる。

遺体現場は、そこからごく近くの自動車道路から、林を切り開いてできた脇道を入った所であった。熱帯で死後何日か経過しているので、お腹がふくらみ、正視できなかった。

現場に来たブラジル側の警部が、遺体にあった黄色の身分証明書を見せてくれたが、ファーストネームはブラジル人風のクリスチャンネームだったが、名字は日本人によくある名前で、住所地はサンパウロ州だったので、多分日系人の二世か三世だろうと警部に答えた。

警部は、遺体は胸部をピストルで撃たれており、被害者を最後に目撃した人によれば、別の日本人と二人だけで、島のキャバレーで深夜まで飲んでいたとのことなので、その日本人に心当たりはないか、と繰り返し尋ねられた。日本総領事館の人間を呼び出したのは、この質問をしたかったのかと合点した。

「私は一週間前、日本から来たばかりで、当地の日本人社会のことはまだ分からない」

と答えると、私の顔を見つめていた警部は、ニガ笑いしながら、

「そういえば、あんたは美人コンテストの時、居眠りしてた人だな、テレビで見たぞ」

とのこと。

とりあえず、遺体の所持していた、サンパウロ州政府発行の身分証明書の氏名と住所を書きとめ、総領事館に帰って日系人社会に詳しい人に聞くなど、調べてみると答えておいた。

三　容疑者との面談

総領事館の日系人社会に詳しい人に尋ねると、意外に早く見当がついた。

ベレーンの下町の川沿いの通りには、野菜などを売る露天商の屋台が数十軒並んでおり、その中には、近郊の畑で自分が作った野菜を売っている日本人が二十名近くはいる。

その人たちの話だと、殺された日系人は、サンパウロから、当時開通したばかりのベレーン～ブラジリア街道三〇〇〇キロメートルを、自分のトラックを運転して、リンゴなどの温帯果物を運んで、卸している人らしい。

また、その日系人と飲み歩いていた相手の若い日本人も、ほぼ特定できた。ただ殺人事件の容疑者となると、確証のない情報はブラジルの警察当局には伝えられないので、殺された日系ブラジル人の仕事についてだけ伝えたが、先方はこの点については、既に知っていた口ぶりであった。

その二日後、ベレーンの四、五種の日刊紙は、一斉に日本国籍のNが、殺人事件の容疑者として逮捕されたと報じた。

逮捕されたのは、露天商の日本人の人たちが予想していた人物と同一人物であった。

早速ベレーン中央署の拘置所に、総領事館の顧問弁護士と一緒に向かう。ブラジルでは大学の五年制の法学部の卒業試験を通ると、弁護士の資格が与えられるが、総領事館の顧問弁護士は、以前州の検事を何年も務めていて警察にも顔のきく人であった。

容疑者と会った最初の印象は、ひ弱な青年という感じで、この青年が、あのがっしりした日系人を殺せるか、やはりピストルで撃つ以外素手では無理と感ずる。

「ブラジル当局の取り調べで、拷問とか、イエスかノーで答えさせる誘導尋問はありませんでしたか？」

「いや、別に」

「それでは、あの日系人の人を殺したんですか？」

「はい」

「どういう理由で？」

「う～ん、バクチで負けたのに金を払わないから……前から払う払うと言ってたのに……」

「相手が先に暴力をふるって、あなたは抵抗しただけとかいうことはありませんか？」

「いいや」

「現在、病気とか、身体の不具合はありませんか？」

「腕に疥癬《かいせん》ができて、かゆくてしょうがないんで、軟膏がほしい」

「ほかに何か質問とかありませんか？」

容疑者と筆者は、ほぼ同じ年齢（三十一歳）のせいか、硬さがとれて、

「あんたは、ベレーン総領事館の人？　今度のことで、サンパウロの総領事館から来たの？」

「二週間前に、日本からベレーンの総領事館に来たばかり」

「ベレーンのどこに住んでるの？」

「マヌエルピントの裏のエディフィシオ、ペロラ」

「あ〜、知ってる」


顧問弁護士から警察には、皮膚病の手当てをしてもらうよう申し入れた。

ところで、殺人の容疑者と直接話をしたのは、これが二度目である。

この五年ぐらい前、西アフリカのアンゴラで、以前働いていた会社が現地の漁船から鯛を買っていた頃、たまたま大西洋上で操業中の日本の鮪漁船で、船員同士のけんかが殺人に発展してしまったことがあった。

包丁で相手を刺し殺してしまった漁船員を、アンゴラの港で出迎え、アンゴラの入管、

空港当局と折衝して、同行する友人の漁船員と共に、ブラッセル行きの航空機に乗せるまでの任務を依頼されたことがあった。

漁船員は、日本語しか記載されていない船員手帳は持っていたものの、パスポートはなく、当時アンゴラでは独立武装闘争に関連して、外国人の入・出国に神経質になっていた頃である。

その時の漁船員と今回の事件のNとの間には、何か共通点があった。

二人とも、ひ弱な感じで、素手でけんかをすれば負けそうだし、口数少く、話し声がしめっぽかった。また時々、感情を表さないうつろな目つきをするのが、気になった。

四　被害者の兄の来訪

十日ぐらいたった日曜日、もとの車体の色が分からないほど、ドロだらけのフォルクスワーゲン〝かぶと虫〟が、私の自宅前に止まった。

サンパウロ市郊外から、開通して数年の未舗装のブラジリア～ベレーン国道を、三日かけて駆けつけた被害者の兄であった。

日系二世の兄のポルトガル語まじりの説明によれば、弟は独身で、あまり実家に寄りつかず、トラック一台で独立して商売をしていたので、バクチの負債を払わなかったとかの犯人の主張の真偽は分からない。兄として、弟の遺体がどうなっているかが心配で駆けつけた、とのこと。

ご遺体は、ベレーンの日系人互助組織のアマゾニア日・伯援護協会が引き取って、日本人墓地に埋葬したと伝えると、ゲンコツで涙をぬぐっていた。

援護協会は、戦前に移住し、こしょうの栽培で成功したトメアス移住地の当時約三〇〇〇人の日系人と、ベレーン市近郊に戦後移住したほぼ同数の日本人をまとめた団体で、ベレーン市郊外に、日本で研修を受けた二世の医師二名が勤務する診療所、十数名収容の学生寮と、雨天体操場兼講堂を持つ、日本人らしい医療と教育のクラブである。

五　集団脱獄

Nの裁判の状況、皮膚病の手当てなどについて、一度総領事館の顧問弁護士に拘置所を訪問してもらい本人と面会したが、特に心配はないとのことであった。

Nは、日本からアマゾン奥地の移住地に構成家族の一員として（ブラジル政府は、農業移民として入国を認めるには、一家族三名以上の成人労働力を要求していたので、例えば夫婦だけで入植する場合、もう一名親類の人などを家族の一員として組み入れていた）入国したが、数年前からベレーン市に出てきて、定職につかず、日系人の商売の手伝いなどをして暮らし、妻子もいない。

拘置所に入って半年たった時、アマゾン地方のその年の十大ニュースに選ばれた集団脱獄事件が発生する。

密輸常習犯の中年のアメリカ男、密入国したゲリラと見なされているコロンビア人の青年、そしてNの三人が、共謀して脱獄したのである。

手口は、Nが自炊するためとして差し入れさせた米の袋の中に、拳銃一丁が隠されていたのだ。Nが看守を威嚇するために撃った弾が、テーブルの表面ではねて看守の脇腹を貫通する間、Nを先頭に正面入り口より脱走、通りがかったタクシーを奪って三人で逃走したもの。

ベレーンのどのラジオ局、テレビをつけても、当日の午後一杯、このニュースばかり報道していた。

六　電灯をつけたり、消したり

タクシーを奪って逃走しても、最近できたブラジリアに通ずる国道は一本道で、国道から分かれる枝道も、魚の骨のように皆行き止まりで、枝道の行き着く先は、最近密林を伐採してできた幾つかの牧場があるだけで、州警察が国道の州境を封鎖したら、どこに逃げるつもりなのか見当がつかなかった。

協力者がいて、ベレーン市近辺に何日か潜伏したあと、警察が警戒をゆるめた時、州の外に出るつもりなのか。ブラジルでは、ある州で犯罪を犯しても、別の州に逃げれば、激しくは追及されないといわれていた。

Nの場合、日本人・日系人が何十万人もいるサンパウロ州まで逃げられれば、身を隠し通せると考えるかもしれない。

それにしても、外国人が三人一緒に逃げると目立つので、三人それぞれ身を隠す先を探すことになるであろう。

ブラジルの中で、日本人集団は、正直、勤勉という評価を確立してきたので、自分たちの中から犯罪者を出すことを忌み嫌う。

とすると、Nが新参者の私を頼ってくる可能性もある。彼は私の住所も知っている。脱獄犯をかくまうとなると、邦人保護の範囲を超え、私がブラジル政府から国外追放処分を受けることもあり得る。

どうしても、Nに自首を勧めざるを得ない。それを素直に聞き入れるだろうか？　私が逆に人質にされて、一緒に逃亡することになるか？　もしそうなら、新婚の妻を、あらかじめ近所の日本人家族に預かってもらえば良かったと、すっかり陽が暮れた街頭を眺めた。万一頼ってくるなら、自宅の明かりをつけておかねばならない。頼って来られても困る。明かりをつけたり、また消したり、ブラジル警察の警部に電話して警備してもらう考えも浮かんだが、日本総領事館は日本人には冷たいと言われるか……。

その晩は一睡もできず、電灯をつけたり、消したりしていた。

七　Nの死

翌日、事件は予想外の展開を見せた。

三人が奪ったタクシーが、ベレーン市郊外の農道の突き当たりに乗り捨てられているとの通報があり、警察が包囲網を敷いたところ、脱獄犯三名が物置き小屋に隠れているのを発見。一人だけ拳銃を持っていたNは、ほかの二人を逃がそうとしたのか、一人だけ小屋から飛び出し、物陰から発砲、警察の追跡隊と銃撃戦となった。

新聞報道によれば、Nはかなりうまく拳銃を扱い、場所を変えながら発砲、警官一名を負傷させたが、結局、頭を撃ち抜かれて即死。あとの二人は、武器を持っていなかったこともあり、抵抗せずに逮捕される。

八　脱獄失敗の原因＝大アマゾン河

後に明らかになった脱獄犯たちの計画は、迷路のように入り組んだベレーン市郊外のアマゾン河の水路の一地点に、あらかじめ船を待たせておき、そこまで奪ったタクシーで逃げて船に乗り換え、水路伝いに逃走するというものだった。

船は、アメリカ人の囚人が手配したものだったが、待ち合わせの場所の地名――確かフーロ・ダ・マリーニャ――が正確にはどの地点を指すか、拘置所の中と外で連絡の行き違いがあったらしく、タクシーを乗り捨てた脱獄犯たちが船を探しているうちに夜が明けてしまい、住民に乗り捨てたタクシーの場所を警察に通報されてしまったとのこと。

アマゾン盆地は高低差が少なく、乾期、雨期、潮の干満で水位が最大二十メートルも上下し、網の目のような水路（水たまり）のあちこちが切り離されたり、つながったり複雑極まりない。

船を利用した密輸の常習犯のアメリカ人の悪知恵の足をすくうこともある。

アマゾン河は、その年の降水量で、最大五十キロメートルの幅の森林を浸水させ《（ヴァルゼア）》（アマゾン河に堤防はない）、先住民は、水位に合わせて掘っ立て小屋の位置を変え、川で魚をとり、川を使って往来する。

この地方は、アマゾン河が人間の営みを支配する、大アマゾン河流域なのである。

九　Nのばくち

時が経過して、Nの死を振り返ると、Nは共謀した二人に利用されただけだったのか、という疑問が残る。

今回の脱獄計画の中心、脱走用の船を手配した米国人は、無傷で生き延びられたし、コロンビア人のゲリラ青年は、今回の事件がブラジル中で報道されたことにより、仲間に同人の収監場所を知らせることができ、今後裁判なしで処刑される可能性を消すことができたであろう。

というのも、当時軍事政権だったブラジルでは、ゲリラのアジトを急襲する際は、包囲してから、まず故意に威嚇射撃を外し、ゲリラ側が一発でも応戦すると、抵抗をやめても全員を抹殺する方法をとっていた。ゲリラの一部を生き残らせて逮捕すると、これを奪回しようとし、要人の誘拐につながると、治安関係者が筆者に話してくれたことがあった。今回、コロンビア青年が武器を持っていなかったことも、あるいは計算していたのかもしれない。脱獄用の武器は、ピストル一丁で良かったのである。

一方、Nの立場に立ってみると、あのきゃしゃな身体で、アマゾンの原生林を伐採し、山焼きする重労働に耐えるのは、そもそも無理があったと思う。

構成家族の一員として、家族の親身の支えがあったのかどうか？ Nは移住地から、どうしても都会へ抜け出したかったのであろう。その結果がどん詰まりのブラジルの監獄で、最後のばくち＝脱獄、にかけたのかもしれない。

十　移住者の夢

一般に、移住する人たちは、日本で経済的に追いつめられて、やむを得ず海外に出て行くと思われているが、本当に困っている人は、海外に出て行くだけのエネルギーは残っていないと思う。

日本からブラジルへの移住者が減り、移住船がなくなって、代わりに定期航空便による移住が始まった第一陣に、私は外務省からのオブザーバー（実質は添乗員）として同行した。米国経由の長い搭乗時間の退屈しのぎに、という名目で、一〇七名の移住者にアンケート用紙を配り、無記名で回答してもらったことがある。

結果は、移住の動機として、実にさまざまな夢を持っておられることに驚かされた。

同じ驚きは、ベレーンの日伯援護協会の講堂で、初めて移住者の演芸大会を見た時にも感じた。ポピュラー音楽、バンド、民謡、琴、三味線、手品、落語等々、日本の人口三〇〇〇規模の村では考えられないバリエーションに富む芸達者の人たちの集まりであった。

移住者を押し出す最大の要因は、それぞれの人の夢と現実の差の大きさという気がする。

Nは、もし脱走に成功したら、どんな夢が持てたであろうか？

サンパウロの日本人集団の中に身をまぎらわしても、ベレーンの生活より娯楽が少し増えるだけで、経済的には、より競争が厳しく、生活は苦しくなるだけであろう。

米国の密輸業者と組んで、他人の名義を借り、アマゾン河口の巨大な川中島で、牛を飼うか？

ベレーンの国際空港の手前に、色とりどりのセスナ機など二十数機の軽飛行機が駐機している専用の飛行場がある。大部分はマラジョ島の牧場主のものだそうだ。マラジョ島の牧畜は、上流側は流木転じて林ができているが、下流側は島の半分を使って、大規模な牧場が続いている。増水期になると、大部分の草地が水につかるので、鉄道の駅のようなプラットホームを材木で組み立て、牛はその上で眠る。餌を食べる時だけ台から下りて、水につかった草を食べる。

充分に太ると、平底の台船に乗せられ、ベレーン近郊の屠殺場までタグボートで引かれて行く。島の中の水路の水深が浅いと、牛は台船から下ろされて、屠殺場へ向かっているのも知らず、自分達で台船を引くのである。

米国の密輸業者が、Nを脱獄の同志・共同経営者として扱ってくれるなら良いが、牧童として雇うなら、Nにはきつすぎる仕事となろう。

この米国人の密輸業者は、以前読んだ新聞報道によれば、ブラジル人の未成年の少女を集めてハーレムをつくっており、麻薬にも関係している享楽主義者らしい。

あるいは、コロンビアの青年と逃亡を続けるとすれば、いずれは革命は成功しないと悟り、警察も来ない網の目のようなアマゾンの支流に掘っ立て小屋を建て、現地の女性を妻として、川に張り出したヴェランダから釣糸をたれ、ハンモックの中で川風に吹かれながら一日十四時間うたた寝するであろう。

脱獄したあと警官隊に包囲された際、Nは一人だけ飛び出し、銃撃戦をしかけた時、ピストルを手にした一瞬、全能感を感じていたのではないか?

前出のアマゾニア日・伯援護協会は、サンパウロの日本映画館で上映されたあとの古いフィルムを安く借り、毎週末その講堂で上映していたが、高倉健などが主演した任侠物《にんきょうもの》が多かった。Nの夢の中に、この映像が投影されていなかったか、と想像するのは、不謹慎であろうか?

第三部　ギアナ三国

「水の国＝ガイアナ、スリナム、フランス領ギアナ」

南米大陸の地図を見ると、ブラジルの北、大陸のすみに、ギアナ三国と呼ばれる小さな国と地域がある。

東から、フランス領ギアナ、元オランダ領スリナム、そして元イギリス領のガイアナと続く。

インターネットで調べても、この地方の面積、人口、輸出入額などの数字が出ているぐらいで、どういう土地に、どういう人たちが生活しているのか、具体的なイメージは浮かんでこないのではないか？　日本との関係も？

一　車エビ漁

もう四、五十年も前の話だが、この地方の沿岸で、乗組員がわずか三、四名の小さな日本漁船がエビをとっていた。船の両脇から、ヤジロベエのように左右一本ずつアームを突き出し、その先につけた底引き網を引いて、車エビをとっていた。多い時は一〇〇隻近くになったと思う。

その割に、日本であまり知られていないのは、このエビのとり方は、アメリカ人が以前からメキシコ湾で行っていたもので、日本漁船といっても、あの小さな漁船で太平洋を渡って南米北岸まで出かけていったのではなく、主にアメリカで造られた漁船だからであろう。日本の水産会社が、スリナムとガイアナに駐在員を派遣し、漁船の乗組員の交代も、日本から飛行機で往き来していた。

車エビは、大きな河が海に流れ込む海水と淡水が混ざった所に多く発生するといわれる。南米大陸の北岸では、カリブ海にそそぐヴェネズエラのオリノコ河からアマゾン河の河口までが、車エビの漁場になっている。

アマゾン河の場合、特に乾期と雨期で流水量が大きく変わる。雨期には増えた河の水が河口からはるか沖合いまで海水を押し出し、エビがとれる所も陸から遠く離れる。逆に乾期になると、エビの漁場も河口近くまで近づくのである。

日本のエビ漁船だけでなく、アメリカの漁船も、乾期になるとギアナ三国の沿岸からアマゾン河口近くまで移動して、エビをとっていた。

二　ベレーン市とアマゾン河

私は一九六八年から四年間、アマゾン河口近くのベレーン市にある日本総領事館に、ポルトガル語の渉外担当として勤務していたわけだが、当時のベレーン市についてもう少し詳しく書いておきたい。

ベレーン市は、当時人口六十万ぐらいで、高いマンゴーの街路樹が、強烈な熱帯の陽ざしを防ぐ濃い影を描き出し、夕方になると、この影をかき消すような強いスコールがやって来る。一九一〇年代のアマゾンの生ゴム景気時代の名残のオペラ劇場、ポルトガルから運んできた石を敷いた石だたみの道、取り外された市電のレールの跡などが、まだ残っていた。

町中では、日本人をよく見かける。ベレーン市近郊では、町に供給する野菜をつくっている戦後の移住者。戦前では、ベレーンからアマゾン河の支流を蒸気船でさかのぼって密林を切りひらき、シンガポールから持ち込んだ苗でこしょうの栽培を成功させたトメアス集団移住地などがあり、当時総領事館の管轄内には、日本国籍を保持している人が七〇〇〇人はいた。

日本から視察に来た人を案内していたら、「アマゾン河の堤防を見たいんだが……」と言った人がいたが、アマゾン河に堤防などない。

小型飛行機をチャーターして、高い所からアマゾン河を見ると、大雨のあとの舗装されていない土の道のように幾筋もの車の轍《わだち》のような水路が、見渡す限りの森林のあちこちに光って蛇行しているのが見える。人間の住む集落も、水路を交通手段として使いながら、少しでも周りより高い所を選んで、森林の縁にはりついている感じである。

アマゾン本流の水の色は、ちょうどミルクコーヒーの色で、この水が海に押し出されると、ベレーン市から二二〇キロメートル離れた大西洋に面したサリーナスと呼ばれる砂丘の町でも、まだ米のとぎ汁の色をしている。

三　二〇〇海里経済水域と威嚇砲撃

ところで、一九七〇年前後は、世界中で、今までの領海の外側に、自国の船だけが魚をとれる経済水域を、それぞれの国の法律で定める動きが次々に起きていた。領海の外側に二〇〇海里（約三七〇キロメートル）もの幅の海域を囲い込む動きである。

当時、ブラジルは事実上の軍事政権で、重要なことは軍出身の大統領の政令で決めていた。軍事政権は、経済開発を第一の目的として、外国と協調して資本や技術を導入する一方、他方では漁業を含む自国の産業を育成する政策を発表し、いつ実施されるか分からない法律だけは、たくさんつくっていたのである。

ブラジル政府が経済水域を設定するのか、アマゾン河口沖エビ漁のこともあり、注目されていた。

連休が始まる直前に、ブラジル政府は抜き打ちに二〇〇海里経済水域を宣言した。当日は、もう夜になっていたが、総領事館からすぐ日本に電報を打ち、ガイアナ、スリナムを基地にする日本漁船が、当時何隻ぐらいアマゾン河口沖で操業しているか問い合わせた。

その返事もないまま、一ヶ月以上たった時、ベレーンの新聞に、「アマゾン沖でエビをとっていた日本の漁船が、ブラジル海軍の水産資源調査船（リオ船籍）の威嚇砲撃に遭い、退散した」という、あまり大きくない見出しの記事が出た。

早速、ベレーンの海軍第四軍管区司令部に行き、この記事の真相を尋ねたところ、広報担当の士官は「記事のとおり、空砲を打った」との答えであった。

「ブラジリアの日本大使館から、ブラジル政府宛に抗議が出されると思うが、事実確認として、確かに空砲か」と念を押して総領事館に帰ると、日本から、この事件の事実調査をせよとの電報が入っていた。

四　ブラジル海軍の司令官とマージャン

その前の年、日本総領事主催の恒例の天皇誕生日の祝賀パーティーが行われ、州知事はじめ土地の名士が出席していたが、その中に、海軍の第四軍管区司令官もいた。

ブラジルの経済水域設定前だったが、アマゾン沖エビ漁のこともあり、こちらから話しかけると、司令官に「君たちは、マージャンをやるのか」と尋ねられた。

「中国のゲームのマージャンですか？　ブラジル海軍の軍人がマージャンをするんですか？」と聞き返すと、

「軍艦の中で、昔カードゲームがあまりに盛んになったので、禁止令が出たんだ。そこで練習艦隊が、ポルトガル領のマカオに寄港した時、中国のマージャンセットを大量に買い込み、私も一セット持ってるよ」と答えたことがあった。

アマゾン河口沖の日本漁船が威嚇砲撃で追い払われれば、次は拿捕《だほ》、漁船員の保護など、第四軍管区との交渉が起きると予想されたので、総領事に、

「総領事公邸で、第四軍管区の司令部の人たちを招待して、夕食兼マージャン大会をしてはどうか」と提案した。

赤道近いベレーン市でも、スコールのあと夜八時過ぎになると涼しい風が吹き、小さいながらもプールのある総領事公邸の庭に明かりがともる中、司令官はラフな服装で二人のお伴を連れ、自慢の中国製マージャンセットを抱えて、にこやかに現れた。

ひと昔前まで、ブラジルでは、外務省と海軍だけは、良い家柄の出でないと出世できないと言われていた。司令官も細い丸ぶち眼鏡に口ひげをたくわえ、一見ユーモラスというか、やんちゃな風貌だが、育ちの良さを感じさせる人だった。

抱えてきたマージャンパイは、日本のパイの四倍ぐらいの大きさがあり、役作りも、カードゲームの代わりのブラジル式ルールであった。日本式マージャンの点数も数えられない私には、ブラジル海軍式ルールのポルトガル語での説明が、なかなか飲み込めない。総領事が英語でいろいろルールの折衷案を出していたが、司令官は、日本製のパイと中国製のパイを比べながら、子供のように並べたり崩したりして楽しそうだった。

司令官のお伴で来た、おでこが出て目のくぼんだ四十歳ぐらいの補佐官が、マージャンには興味がないらしく、総領事付きのコックが揚げるエビのてんぷらを盛んに食べながら、

庭を眺めていた。頃合いを見て私から、

「エビに国籍はありませんよね」と持ちかける。

と、笑いながら、

「我々も、日本の漁船を拿捕なんかしたくないんですよ」と答えた。

「え〜？　では警告の威嚇砲撃を受けたら、立ち去ればいいのですか」と尋ねると、

「拿捕したら、そのあとが面倒で、日本との共同の経済開発プロジェクトに、悪い影響が出るでしょうし……」との答え。

「あちらの司令官殿も同じ考えですかね？」と念を押すと、

「司令官も同じ考えです」と言い切った。

その断定口調に、ひょっとしたら、この人は軍事政権の中枢とつながっている国家情報局の人かな、と疑ってしまう。司令官のような船乗り独特の潮風にかれた声ではなく、陸上勤務の人の声のようだ。

総領事に、これらのやりとりを食事会の途中で報告すると、

「ひとつ君がスリナムやガイアナに出張して、日本漁船の現状を見つつ、ブラジルの取締当局の感触を、君の意見として伝えたらどうかな」ということになった。

なお、総領事公邸の食事会の時、司令官から、

「日本漁船も、ベレーンに基地を移せばいいのに。この間、漁船に供給する燃料油への税金を、ブラジルも大幅に下げる法律ができたんだから……」

とのコメントがあったので、当方から、

「もうひとつの難問は、一九三〇年代にできたブラジルの労働法で、乗組員の三分の二はブラジル人でなければならないと規定されているので、わずか乗組員三、四名の小さなエビ漁船は、除外する規定が必要と思います」と説明しておいた。

五　出張計画

早速、ギアナ三国への出張を計画する。

まず、ベレーン市に一番近いフランス領ギアナのカイエンヌには、週三～四便の飛行機で二時間ぐらいで行けるが、漁船の燃料油が高いので、ここを基地にしている日本漁船はない。また日本の領事館もない。フランスの海外県なので、フランスにある日本大使館の領分を侵さない範囲で、日本の漁船が将来、同地に基地を移せるような奨励策が現地側にあるか調べる。

また、今回のブラジルの経済水域設定に対し、乾期にはアマゾン河口で操業していた仏領ギアナの漁船は、どう対処するのか、ブラジル漁船とお互いに、相手の二〇〇海里以内に入って操業できるような交渉を始めたのか？　も調べる。

スリナムは、当時オランダ内の自治領から一九七五年に完全独立する途中にあり、また、ガイアナは一九六六年にイギリスから独立したばかりで、近くの国にあるどの日本大使館が管轄するか不確定だったので、いずれも日本の大使館も領事館もなかった。

スリナムやガイアナでは、日本人漁業者の人たちに、「ブラジルの当局は、日本漁船を拿捕したくないと言っているので、警告を受けたら直ちに退去してほしい」と伝える。

そして、ブラジルが経済水域を設定したことで予測される漁獲量の減少、さらに、これを別の漁場でどの程度埋め合わすことができるか、などを調べる。

六　ギアナ三国の歴史と地勢

十五、六世紀、大航海時代をリードしたポルトガル、スペインから約一〇〇年遅れて、オランダ、イギリス、フランスが海外との通商、さらには植民地獲得に乗り出した。

南米大陸の北東部のすみで、カリブ海とギアナ高地にはさまれた狭い海岸・森林地帯は、一四九九年、スペイン人オヘーダが最初に上陸したが、スペインは経済的価値を認めず、拠点を置かなかった。

スペインとポルトガルは、南米大陸の奥地に金や銀を探す遠征隊をたびたび派遣し、スペインは、アンデス高地のインカ帝国のような進んだ先住民文明を征服し、鉱産物や先住民の労働力を搾取。ポルトガルは、当時高価だった砂糖の生産に最適な土壌（肥料なしで何年も栽培できる）を、ブラジルの東北地方で見つけ、先住民の数が少なかったため、アフリカから黒人奴隷を輸入して、サトウキビ栽培に向かった。

商人と海運の国オランダは、一五五五年、ハプスブルク家からオランダの地を相続したスペイン王室に対し独立戦争を戦って一五八一年に独立。一六〇二年には、東インド会社を設立して、世界に乗り出す。

遅れてやって来たオランダ、イギリス、フランスは、残された土地ギアナにとりつき、西インド会社など会社組織を通じ、農業開発の可能性を試すことになる。


このギアナと呼ばれる地帯は、アマゾン盆地に背を向けた雨の多いギアナ高地から北のカリブ海に向かって流れ下る幾十もの急流によって分断されている。これらの急流には滝が多く、川をさかのぼっての内陸部への進入は難しい。

最近、日本のテレビで紹介された人跡未踏のギアナ高地は、ギアナ三国の西側のヴェネズェラ側から接近するのが普通のルートである。

ギアナという地名の起源も、〝水の国〟または〝湿った所〟という先住民の言葉から出たとされ、またスリナムという地名も、先住民の〝岩の多い川〟という言葉から来ているらしい。

今でも、国土の約八十パーセントは森林で、狭い海岸地帯だけでサトウキビ、米などの栽培が行われ、一九五〇年代に入って、やっとアルミの原料となるボーキサイトを採掘、輸出されるようになった。人口の九十パーセントは海岸地帯に集中している。

ギアナ三国を合わせても、面積は日本より少し大きいぐらいで、人口も合計一五〇万を超えない。

七　フランス領ギアナ

一番東にある仏領ギアナの面積は、ちょうど日本の北海道ぐらいの大きさで、人口は二十万弱。一六五〇年頃からフランス人が住み着き、スペイン継承戦争、アン女王戦争後の一七一三年のユトレヒト条約でフランス領と認められた。

フランスから総督が派遣され、海岸地帯の小規模の農業開発が始まる。フランス革命中は、本国から多数の政治犯がこの地に島流しにされ、「悪魔の島」とも呼ばれた。

　ポルトガル王室は、ナポレオン配下の将軍が率いるフランス軍が、ポルトガルの北部に侵入してきたので、当時植民地だったブラジルのリオデジャネイロに逃げてきたが、その腹いせに、イギリス艦隊の援護のもと、一八〇九年から一四年まで仏領ギアナを占領していたこともある。


　首都カイエンヌは、印象派の水彩画のような光と、くすんだ白い色彩にあふれていて、眠くなるような静かな港町、というより、大きな船も停泊していなかったので漁港のようだった。

　事前に、県の担当者に面談を申し入れる電報を打っておいたが、返事がなかったので、県庁を探しに出た。スペイン風の町だと、役所の前には四角い広場があるものだが、広場が見当たらず、主な通りから数本のヤシの並木がある引き込み道路の奥に、古いがコロニアル風の趣きのある石造りの低い建物があり、これが県庁だった。大きさは、日本の町役場ぐらい。

　海辺の町風の簡素な調度の控え室で待っていると、秘書が出てきて、知事本人が会ってくれるとのこと。当方はフランス語が話せず、知事はポルトガル語は分からず、英語は話したがらないと秘書は言うので、スペイン語での面談となった。

知事は、ゴマ塩頭の髪を短く刈り上げた四十代の小太り中背の人で、多分フランスの超エリート養成大学校を出た感じの人。温みのある話し方だが、話す内容は折目正しい官僚という印象であった。

当方から、カイエンヌは漁船の燃料油が高いため、ここに基地をつくりたがらないので、スリナム、ガイアナ並みに燃料税を引き下げる可能性はあるか？　また、隣のブラジルが二〇〇海里の経済水域を設定したのに対し、仏領ギアナの漁船が、今まで乾期にはアマゾン河口沖でエビをとっていた既得権を確保する措置を、ブラジルと交渉しているかどうか、など尋ねた。

知事は、漁船向け燃料税の引き下げは、本国政府が決めることで、早急な実現は難しい。また、ブラジルの経済水域内のギアナ船の操業についての交渉はしていない、との趣旨の、そっけない回答だった。

逆に、知事は、ギアナ沖でのエビ漁業一般について、また、ブラジルの経済水域の設定で日本漁船が受ける損害について、当方にいろいろ質問したが、知事はギアナ沖エビ漁全般について、あまり予備知識や関心がそれまでなかったようだった。

仏領ギアナは、フランス本国の上・下両院に一名ずつの議員を送り出しているが、現地の行政は、本国政府任命の知事が、現地で選ばれた十六名の県議員の意見を聞きながら行っているとのこと。

フランスは、クストーなどの海洋学者が有名なので、一般に海洋国家というイメージがあるかもしれない。しかし、フランスへの輸入貨物の約三分の二は、伝統的にオランダ船が運んできた。フランスというと、美術、文芸、ファッションなどが世界の注目を集めているが、反面、ヨーロッパで最大の農業国なのではないだろうか？　例えば、パリからマドリッドまで汽車で旅したことがあるが、ドイツのような冷害はなく、スペインのような干ばつもない豊かな黒土の耕地が延々と続いたのには圧倒された。フランスは、現在の四〜五倍の農産物生産の余力があると試算する学者もいる。

フランスは、伝統的に官僚統制の農業国で、ポルトガル、オランダ、イギリスのように海外に富を求める必要性が少ない国という考えが、仏領ギアナの知事と話していて、ふと浮かんできた。

〈ヴェトナム人経営の料理店でワニを食べる〉

カイエンヌの通りで見かける住民は、南米大陸のスペイン語・ポルトガル語諸国で見かける人たちとは相当違う。インド人風の人、東南アジア系の人、アフリカ系の人、さらに、これらの人たちの間の混血の人たちなど、南米というよりカリブ海の島々の町のようだ。先住民《インディオ》の子孫らしき外見の人は見かけない。カリブ海の島々は、イギリス、オランダの西インド会社などが、最初はアフリカから、奴隷解放後はアジアから、労働者をプランテーションに導入した結果であろう。

カイエンヌの町で、ヴェトナム人のレストランを見つけた。ヴェトナムも、元フランスの植民地だった時代があるので、入ってみた。

当地の独特の料理を頼むと、小さいワニの皮をはいでゆでたものに、トマトソースがかかったものが出てきた。東京でヴェトナム料理というと、中華料理のあっさりした食べやすい料理を思い浮かべるであろう。小さいワニをゆでたものは、ニワトリやエビより少し硬く、まずかった。


店主のヴェトナム人は、とっつきにくい、鋭い顔つきの人だったが、話しかけると、

「カイエンヌの経済規模は小さいので、資金があれば、フランス本国に移住したい」

とのこと。

「仏領ギアナ独立の可能性は？」と尋ねると、

「フランス本国政府の援助で成り立っている地方が、小さな独立国になって、どうやって

やっていけるの？」という答えだ。

八　仏領ギアナから、バスでスリナムへ

地図を見ると、カイエンヌから隣のスリナムの首都パラマリボまで、海岸寄りに道路が通じているように見える。当時出版されたばかりの英語のガイドブックに、カイエンヌから不定期のバスがあり、丸一日でパラマリボまで行けるとあった。

カイエンヌで宿泊したホテルで尋ねると、飛行機を使う方がお勧めだが、前もって予約すれば、バスでも一日で行けるという。

翌朝早く、ホテルの前に、二十人乗りぐらいの新しいマイクロバスが着き、ホテルからの客は私一人。先客は、どこの国の人か分からない二、三人の乗客だけ。

冷房のきいた狭いが快適なマイクロバスで、カイエンヌを出発。年間降雨量が四〇〇〇ミリという暗い森林を切り開いた立派な舗装道路を、一時間余り走ったところ、突然、視界がひらけ、新しいプレハブの事務所や、たくさんの倉庫風の建物がかたまっている集落が出現した。

これが、その後有名になるアリアン・スペース・ステーションの建設中の姿で、最近で

は、ヨーロッパの商業人工衛星の大半を打ち上げる基地になっている。日本の種子島のように、人工衛星を打ち上げる周辺環境が整っているのか、あるいは緯度、経度が適しているのか。ヨーロッパ内には、他に適地がないのであろう。また、フランスの航空関連産業の進んだ技術のサポートが背景になっていると思う。

予想していないところで、南米大陸の片隅の仏領ギアナは、世界と結びついている。以前、ＮＨＫの海外向け短波放送「ラジオ・ジャパン」が、中南米向けに日本から発信する短波を中継してくれる局を探していたが、仏領ギアナにある中継局のフランス人オーナーが来日し、交渉を開始する場に、外務省中南米課の係員だった私も、オブザーバーとして立ち会わされた記憶がある。

九　スリナムへのバスの旅、国境

人工衛星打ち上げステーションを過ぎると、バスの乗客も入れ替わって、地元の人らしい人が交じり、ほぼ満席に。バス道路は、簡易舗装はされているものの、狭い道になってくる。道路は、地図上では海岸地帯を通っているように見えるが、海は見えず、道路の内陸側は森林、海側には小規模のサトウキビ畑が続き、雨期で水量の多い川を幾つも横切った以外、あまり変化がない。

長距離バスの旅といえば、その前の年、開通して数年後のまだ舗装していないベレーン～ブラジリア国道二二〇〇キロメートルを、全行程二泊三日、バスで旅したことがある。ブラジルのアマゾン地方の森林と比べて仏領ギアナの森林は、山の斜面が急で海に近いためか降雨量が多く、密生していて、マホガニーや黒檀、紫檀など高級材が採取されている。

せっかくのバスの旅なので、なるべく外を観察しようとするのだが、脳みそを適度にゆするバスの振動で眠ってしまう。

ふと気がつくと、バスがずっと止まっている。時間的には、目的地パラマリボまで半分ぐらいの道のりのはず。

外を見ると、水をいっぱいたたえて、ゆったりと流れる幅一〇〇メートルぐらいの川が目の前を横切り、バス道路がその手前でとぎれている。よく見ると、川のこちら側の岸に、黒く塗られた貨物船が横付けされている。

皆バスから降ろされたので、バスを乗り換えるのかと思った。ところが、我々に続いて、貨物船風の船の甲板に、我々のマイクロバスも乗ってきたのである。

船が動き出して、五分ぐらいで一八〇度Uターンすると、もう船は向こう岸に接岸していた。フェリーには見えない古い貨物船を橋の代わりに使うなど、運河の国オランダの一部に着いたという感じがした。

フランス領との国境の川なので、国防上、橋を架けなかったのかもしれない。

十　スリナム

スリナムに入ると、海岸平野が広くなり、耕作地も増えて、米も作っているらしい。

スリナムの国土の半分近くを占める中部丘陵森林地帯を、世界的な自然保護区に指定しようという運動があったが、バス道路からは、はるか遠くに見えた。

小さな小川を幾つか橋で越えて、人家も見えない林の縁にバスが止まった。と、銃を肩に掛けて、黒いベレー帽をかぶった顔の色の浅黒い男が乗り込んできた。一瞬、ギクッとする。ベレーン～ブラジリア街道では、たびたび銃を持った強盗が、バスやトラックを止め、乗り込んでくる事件が起きていたが……。

隣の乗客に、こっそり尋ねると、グルカ兵だという。世界で一番戦闘に強いと言われる、昔イギリスがインドで雇い入れた兵隊のことだろうか？　スリナムも、インドからの移民を受け入れていたので、可能性はある。肩に掛けていた銃は猟銃だったので、あるいは元オランダの植民地だったインドネシアの狩猟民族かもしれない。

ところが、私が話しかけた隣の乗客の方が、悪かった。中国系の若者で、パラマリボに着いたらどのホテルに泊まるか、繰り返し私に聞く。自分の実家がパラマリボで小さなホテルを経営しているので、安くするから泊まれと、しつこく繰り返す。前もって予約してあったパラマリボで一番有名なホテルの名を言って断ると、

「あのホテルは、君のようなアジア人がとまる所じゃない」と言った。

スリナムには、全体では二パーセントぐらい、パラマリボ市に限っていえば五パーセントぐらいの中国系の住民がいる、とその中国系の若者は言った。

河沿いに、三角屋根の色とりどりのオランダ風の建物が並んで見えるパラマリボ市を目前にして、またフェリーに乗らなければならなかった。

十一　パラマリボのオランダ人

パラマリボで一番有名なホテルに着くと、一種異様な光景を見た。ホテルの中庭の芝生の上で、真っ白な皮膚の色が目を引く二十名ぐらいのカップルが、熱帯の夕焼を背景にダンスを踊っている。皆背が高く、金髪・赤毛の人も多い。スコールのあと、ぬれていそうな芝生の上で、女性たちは長いドレスを引きずって、勢いよく回転している。フランドル派の絵画の背景を明るくしたような、十七世紀のブルジョアジーの姿が思い浮かんだ。パラマリボ在住のオランダコミュニティーのパーティーだとのこと。

日本の戦国時代、やって来たポルトガル人とオランダ人を、それぞれ南蛮と紅毛と呼んでいたのが分かる。小太りで中背、髪の毛の色は黒く皮膚の色も浅黒く、インドの方角からやって来たポルトガル人を南蛮、それから約六十年遅れて来た金髪、赤毛の北欧系が主なオランダ人を紅毛と形容したのも、もっともだと思う。

ヨーロッパの片隅の小国ポルトガルが、十五、六世紀の大航海時代をリードできたのは、王室の組織した探険航海で、一種の技術革新が起きたためというのが私の説。探険用の風上にさかのぼれるヨットのような三角帆のカラベル船の発明。陸地の見えない大洋の中で、天体観測をして帆船の位置を出す航法を一般に広げ、世界の海に新しい航路を開き、通商を拡大したことを指す。

他方、ハプスブルク家からの世襲で、オランダの地の王権を受け継いだスペイン王室に反抗し、一五八一年に独立を戦い取ったオランダは、一六〇二年、勃興する商人資本を集めて東インド会社を設立し、ポルトガルの東洋との通商独占を打ち破ろうとする。

アフリカ沿岸、インド沿岸、マラッカ海峡等に設置されていたポルトガルの通商拠点を次々に攻略する。通商拠点とは、交易商品を収納する倉庫と、海に向けて据え付けられた大砲、少数の常駐の守備隊の宿舎を城壁で取り囲んだ、主に河口のデルタに設置された比較的面積の狭い施設である。この数十の通商拠点を航路で結んだシステムが、ポルトガルの通商独占といわれるものの実体である。

中南米でも、大西洋に面したブラジルの東北地方のサトウキビ栽培地帯を、オランダは二度にわたって侵略し、十七世紀中頃には、約二十年間、この地方を占領した。スリナムのサトウキビ栽培も、ブラジル東北部から追い出されたオランダ人が始めたといわれる。

十七世紀の間、ポルトガルとオランダが、世界各地で通商の独占をめぐって戦った一連の戦いを、第一次世界大戦と呼んでいるポルトガルの歴史家もいる。

島原の乱の際、徳川幕府の依頼で、原城に立てこもったキリシタン（カトリック教徒）を、海上から砲撃したオランダ（プロテスタント）も、世界各地で繰り広げられた両国間の戦争の一部として見るべきであろう。

現代風にいえば、ポルトガルが当初繁栄したのは起業者利益で、新技術を開発した中小企業が、最初の短い期間だけ大きな利益を上げるが、後に続く大きな企業との競争に負け、吸収合併されるようなものである。

ポルトガルが王室に貯えられた限られた資金を、多数の大砲を搭載した数少ない超大型帆船の建造に費やした（戦艦武蔵のように）のに対し、オランダは、勃興するブルジョアジーから会社方式で広く資本を集めて、多数の小型、快速帆船を建造して、次々とポルトガル船、通商拠点を撃破していったのである。

十七世紀後半に入ると、アムステルダム港はヨーロッパ随一の繁栄を誇り、イギリスやフランスの挑戦を受けることになる。二度の英蘭戦争を経て、十八世紀に入るとオランダは衰退する。

十二　現代のスリナム

スリナムの面積は、日本の約半分、人口は五十五万ほど。オランダの東インド会社が送り出したインド系の住民の子孫が三十七パーセント、アフリカ系住民が混血を含め三十一パーセント、インドネシア（ジャワ島）系十六パーセントなど。

一八六三年の奴隷制廃止後、アフリカ系に代わってインドからの契約移民、次いでジャワ島（インドネシア）からの移民が入った結果、サトウキビ単作から、米や果物の栽培が盛んになったもの。一九五〇年代には、アルミの原料ボーキサイトが採掘されるようになり、輸出額は世界第六位となった。バス旅行の途中、赤土がボタ山のように積み上げられたわきを通ったが、これがボーキサイト工場だった。

スリナムは、隣のガイアナより、インド系住民の教育熱心もあり識字率が高く、人種間の協調を通じ、より穏和な社会ができているといわれていたが、その後一九八〇年、下士官によるクーデターがあり、処刑が行われたりしたので、オランダは経済援助を止めた。その際、多数のオランダ系住民が本国に引き揚げたといわれるので、あのパラマリボのホテルの庭でダンスをしていた人たちも、今はもういないにちがいない。

十三　日本人漁業者との会合

パラマリボに着いた時、事前にお願いしておいた日本人漁業者との会合がキャンセルしたいとの連絡がホテルにあった。

漁師の人たちが操業中で、なかなか集まらないのと、駐在員の人が、ガイアナとの間を行き来しているので、ガイアナ一ヶ所で会合したいとのこと。

「ブラジルの取締当局は、日本漁船を拿捕したくないと言っているので、警告されたら退去すれば良い」との情報は、外務本省に報告した十日ぐらいあとに、どこで聞いたのか分からないが、在ブラジルのアメリカ大使館の担当者がリオからベレーンまで飛行機で飛んできて、私にその時のいきさつを細かく聞きだしたので、私としては、貴重な情報だと思っていた（アメリカの漁船も、乾期にはアマゾン河口まで移動してエビをとっていた）。

また、ベレーンの公共図書館に行って、三年前のブラジル海軍記念日特集記事を探し出し、ベレーンの海軍第四軍管区所属の沿岸哨戒艦六隻の喫水・速度・トン数・識別番号をメモし、駐在員の人に渡せるよう持参していた。

なお、ブラジル海軍は、入・出港の許可から漁船の登録・検査、海難救助など、日本の海上自衛隊の役目のほか、幾つもの役所の業務を一括して担当している。

ベレーンに基地を置く六隻の哨戒艦は、経済水域設定以前は、主としてベレーンからアマゾン河一五〇〇キロメートル上流のマナオス間をパトロールし、密輸、隣国からのゲリラ潜入警備、座礁した川船のけん引、水没した集落の住民救出など、活動は多岐にわたっていた。

哨戒艦といっても、昔は揚子江などで河用砲艦と呼ばれていたタイプの船で、前部に小口径の大砲一門を備えた砲塔、後尾に機関銃座があり、総トン数は、一〇〇トン級と二〇〇トン級がある。アマゾン河を主な活動水域としているので喫水は極めて浅いが、速力は遅い（十数ノット）。海軍の士官に、

「哨戒艦の前部の大砲は何を撃つのですか」と尋ねたら、

「アマゾン河の大蛇」

「後ろの機関銃は？」と聞くと、

「麻薬・密輸業者・ゲリラ」と答え、ニヤリと笑ってウィンクした。

なお、このほか、日本では哨戒艇と呼ぶのか二十トン前後の警備艇も何隻か目撃したが、詳細は不明。

以上、日本人漁業者との会合のため、情報を集め準備して行ったつもりなので、突然の

キャンセルしたいとのメモには出鼻をくじかれた気がして、残念だった。

スリナム当局には、ブラジルの経済水域設定に対する対策を始めているか聞きたかったが、一九七五年の安全な独立国へ移行する準備中だったこともあり、面談の約束がとれず、ガイアナへ、飛行機で向かうことにした。

十四　ガイアナ

ガイアナは、日本の本州より少し小さい、二十一万平方キロメートルの面積の所に、約八十万人の住民が住んでいる。

最初はイギリスではなく、オランダの西インド会社が拠点を置き、エセキーボ河口付近の海岸低湿地帯に堤防を築いて干拓、サトウキビ栽培を始めたが、耕作地は広がらなかった。

オランダは、自国の主要輸出品の毛織物が、暑い土地ではあまり売れなかったので、アフリカ西岸、南北アメリカ、カリブ海の島々にプランテーションを作って、農産物の生産を目指す西インド会社を一六二一年に作ったのである。

その間、オランダの東インド会社は、インドネシア（ジャワ島）の王位継承をめぐる内紛、混乱に乗じて、同地の植民地化へと進む。

他方、フランスは、コルベール宰相の重商主義の時代になってから、一六六四年に西インド会社を設立し、北米大陸のカナダ、ルイジアナ州を占拠し、一七二三年から一七五九年にわたって、最盛期を迎えた。

イギリスは、インドネシアではオランダとの通商競争に勝てず、インドに矛先を変え、ムガール帝国の衰退につけ入って、ベンガル地方を植民地化する。

最終的には、イギリスの海軍力がフランスの海軍力に勝り、大英帝国が出現するきっかけとなった。

ガイアナに戻ると、オランダ人のあと十八世紀末にイギリス人が入り込み、黒人奴隷を使ったサトウキビ栽培を広げて、一八一四年には正式にイギリスの統治下に入った。一八三四年の奴隷解放後、イギリスは、一九一七年までにインド人労働者を約二十五万人導入し、サトウキビ生産も回復し、米作も広がった。インド系住民による繊維産業も起こり、一九五〇年代以降、アルミの原料となるボーキサイトの輸出も行われている。

現代のガイアナの人口構成は、インド系四十四パーセント、アフリカ系三十、混血十七、先住民九パーセントとなっている。

ガイアナがイギリスから独立したのは一九六六年末であるが、日本の外務省では、独立前は英連邦課というところが所管していたが、独立後は中南米課に担当が変わることになった。

ガイアナの独立式典には、日本からは衆議院議員の先生が特派大使として派遣され、外務省の英連邦課の人が、お伴として行ったが、独立式典から帰るとすぐ、ガイアナ関連の部厚いファイルを私の机の上にドスンと置き、

「ではよろしく。何でも分からないことがあれば聞いてください」

で、引き継ぎはおしまい。

最初にかかってきた外からの問い合わせ電話は、

「ガイアナの首都ジョージタウンの空港から、町の中心まで、タクシーで何分ぐらいかかりますか?」というもので、まだその先も質問がありそうなので、あわてて、

「特派大使に随行して行った英連邦課の人に、このお電話、お回しします」

と逃げたことがあった。

そのジョージタウンの空港に、今度初めて降り立つと、アフリカ系の人が圧倒的に多く、

印象的だったのは、黒っぽい車、タクシーに、プラスチック製の小さなピンク色の風車《かざぐるま》をたくさんつけて走っていたことだった。海からの風に、あちこちで小さなピンク色の円が揺れていた。

その二年前、ベレーンに赴任する途中、ガイアナと同じいきさつで担当することになった、イギリスから独立したトリニダッド・トバゴに立ち寄ったが、首都ポート・オブ・スペインの空港も、アフリカ系の人たちが、やたらと派手な色のシャツを着、サイケデリックな模様のステッカーを車にはっていた。ガイアナの方が、小さな島のトリニダッド・トバゴに比べ、湿気が多く、少し重苦しい感じだったが……。

ガイアナの話に戻ると、ジョージタウンの町の中心部に近づくと、テンポの速いにぎやかな音楽を街頭に流す映画館が、幾つか並んでいる。上映中の映画のポスターを見ると、皆インド映画を上映していた。薄い布をまとったセクシーな女性が腰をくねらせ、意味ありげな目つきの男性が、その周りを踊りまくっているようである。インド映画の多くは、ダンスを中心とした独特のミュージカルのようだ。

十五　駐在員宅での日本人漁業者との会合

駐在員の自宅兼事務所は、ジョージタウンの町外れの木に囲まれた住宅街の中にあった。二階建ての横に長い高床式の家で、そこで出迎えてくれたのは、なんと七、八年前、同じ水産会社の同じ課で働いていた女子社員だったので、びっくり。彼女は、別の水産会社の駐在員と結婚し、はるばるガイアナの地で、日本人漁師の世話をする手助けをしていたとは知らなかった。

私の方は、大学でポルトガル語を専攻し、卒業後、貿易会社で働いていた二年目、大学の恩師から、「君、アンゴラに行ってみないか?」という電話をもらい、当時ポルトガルの植民地だった西アフリカのアンゴラで、日本企業としては初めての合弁事業を始めようとしていた水産会社に転職したが、その会社で、彼女は働いていた人だった。入省六年目にベレーンの総領事館から出張して、七、八年ぶりに再会した次第。

つぶれてしまった水産会社の元同僚たちの消息を、一時間ぐらい話していたが、日本人漁師たちとの会合は一向に始まらない。

席を外していた駐在員の旦那《だんな》が戻ったので、いつ始まるのか尋ねると、

「なかなか人数が集まらなくてね……」とのこと。

それからさらに一時間ぐらい待たされた。が、駐在員殿は、私のことを外務省の役人が公務で来たというより、妻が元勤めていた水産会社の若い者が訪ねてきたぐらいに考えているのではないかと疑うほどだった。

水産会社で働いていた時、水産業界は水産大学、商船大学出身者が多く、学生時代の寮生活や船上実習などで、先輩、後輩の序列がうるさい古い体質の社会で、卒業後もそれを引きずっている人も多いようである。

やっと、駐在員の自宅兼事務所の二階の二十人ぐらい座れそうな部屋で、漁師さんたちとの会合が始まった。始まった時は五、六人の人しかいなかったが、遅れて来た人を入れれば十二、三人にはなっただろうか?

私の方から、ブラジルの経済水域設定の背景、ベレーンの海軍第四軍管区司令部の人が、日本の漁船は拿捕したくないと発言したことを紹介し、

「警告を受けたら、なるべく早く退去してください。たとえ停船命令や威嚇の砲撃を受けても、停船せずに逃げた方が良いと思います」と説明した。

最初の発言は、

「私たちは、アマゾン河口沖はここから遠いので、めったに行かない。むしろスリナムを基地にしている漁船の方が多いんではないか」というもの。次いで、

「ブラジルの軍艦に追いかけられたら、浅瀬に逃げたらよいのでは？」

という案。この案には、

「ブラジルの、いわゆる河用砲艦は、軍艦としては異常に喫水が浅く、またアマゾン河口の水深も大きく変化するので、浅瀬に逃げるのは危ないのではないか？　河川砲艦のデータは駐在員の人に置いて行くが、速度が最大十五ノットと遅いので、沖合いに退去した方が良いと思う」と答えておいた。また、

「エビ漁船からロープを流すと、軍艦のスクリューにからまって逃げきれる」

とのアイディアに対しては、

「軍艦のスクリューにロープをからませたりすると、外すのに潜水夫を使ったり大変なので、ブラジル側の心証を悪くし、その次は日本漁船を拿捕してやるぞ！　ということにならないか心配する」と説明しておいた。また、

「エビ漁の魚網は、引き揚げるのに若干の時間がかかるので、警告されても即刻退去できない」との説明もあった。そこで、

「たいがい、哨戒艦が取締りに来る時は、その前にベレーンの空軍基地から双発のプロペ

ラの偵察機が飛んできて、漁船の位置を知らせているようなので、偵察機が飛んできたら、網を上げたらどうか」とアドヴァイスした。

会合が終わりに近づくと、気が楽になってくるのか、

「拿捕されたら、ブラジルの刑務所は、ひどいと聞くが……」とか、

「我々は、今まで日本政府の世話にならずに世界中で魚をとってきたので、何とかなるわ」

とのつぶやきも聞こえてくる。

万一拿捕されたら、その世話は全部ベレーンの日本総領事館がかぶることになることを想像できないのか、と、こちらがつぶやきたくなった。

この会合は、私が期待していた効果は上げられなかったが、一応こちらの義務は果たせたという気はした。

十六　ガイアナ外務省をのぞく

ガイアナが独立した時、近くの国にある、どの日本大使館がガイアナを管轄（兼館）するか（用務のある時だけ館員を出張させたりするなど）、本省で検討する会議があった。

距離的に一番近い在ヴェネズェラの日本大使館が適当だという意見が主だったが、一応

担当させてもらっている私は、

「ガイアナとヴェネズェラ間には国境紛争があるので、ガイアナがいやがるのでは」

との意見を述べた。

当時、ガイアナ政府と折衝するには、ガイアナ本国に人を派遣するか、あるいは、ワシントンにある日本大使館とガイアナ大使館の間で話し合うしかなかった。というのは、独立したばかりのガイアナは、まだアメリカを除く海外に自国の大使館をつくっていなかったからである。

その結果、ワシントンにある両国の大使館の間で、在ヴェネズェラの日本大使館がガイアナを管轄することに一応決まり、ガイアナ大使館がこの結果を本国に報告したところ、はたしてガイアナ外務省は、ヴェネズェラにある日本大使館以外の大使館の兼館にできないかと巻き返し、なかなか決まらない状態になった。

そこで、独立して間もないガイアナの外務省とは、どのくらいの規模で、どういう人が働いているのか、ヤジ馬的興味もあり、訪れてみることにした。訪問の名目は、

「今回のブラジル経済水域設定に、ガイアナはどのような対策をとるか？」だった。

ガイアナ外務省は、町の中の大木が繁っている公園の木陰にあった。三階建ての木造の

建物で、羽目板壁は英国風に水色のペンキで塗ってあり、全体の大きさは、日本の小学校のひとつの教室を三段重ねにしたぐらい。日本の避暑地の村役場風で、公園の中にはほかの建物も幾つかあったので、建物を取り違えたかと思うほど小さかった。

下の階の守衛に案内されて、二階に通されると、その階は、確か外交政策総局長とその秘書、二名ほどの事務官がいるだけの階のようだった。ひとつの階に、三つか四つの部屋しかないようだ。

三十分ほど待たされた時、局長が現れた。微笑をたたえたアフリカ系の四十歳代の人で、体格が良く、アメリカの大学でボクシングの選手でもしていた感じの人だった。

ブラジルの経済水域設定に、どう対処するのか質問すると、

「今、特に考えていない。ガイアナからアマゾン河口沖まで行くのは日本の漁船なので、日本はどうするのか？　日本はブラジルと親しいんでしょう？」

と言ってウィンクした。

以上で、水の国ギアナ三国（地理上の名称）を、各国二日ずつ歩いたが、フランス領海外県、当時オランダの自治区（独立直前）、イギリスから独立したガイアナと、かつて植民地にしてきたヨーロッパの三ヶ国の特色が色濃く残り、南米のスペイン語、ポルトガル

語の国々とは、明らかに違っていた。ギアナ三国を歩くと、ヨーロッパ三国の植民の歴史が、具体的イメージとなって浮かんでくるだろう。

フランス領ギアナの町カイエンヌは、水彩画のスケッチに行きたくなるような港町。森林の中に突然現れた人工衛星の打ち上げ基地。

フランス領とスリナムの国境の川を渡る橋の代わりの古いオランダの貨物船。人里離れた所で、銃を持ってバスに乗り込んできたグルカ兵(?)。パラマリボのホテルでのオランダ人だけのダンスパーティー。中国系、インド系の住民たちなど。

ピンクの風車《かざぐるま》を回して走るガイアナのタクシー、インド映画館、独立国ガイアナの小さな小さな外務省。これらが日本の面積と変わらない場所を、三つに分けて存在している。

十七　数日後

ベレーンの総領事館に帰ると、今度は隣のマラニョン州に戦後移住した人たちの「地権問題」という課題が待ち構えていた。

州都サンルイス市へ、安定的に野菜、卵などを供給するため、市郊外の州有地に二十五家族の日本人農家を入植させ、安定的な供給に成功すれば、二十年後に、各家族にそれぞれ十ヘクタールの今まで耕作していた州有地を無償で払い下げるという約束が、州知事からベレーンの日本総領事宛書簡で交わされていた。ところが約束の期限が、何年過ぎても土地が払い下げられないので、入植者の中には、日本に帰って日本政府を訴えるという人が出てきた。

州政府の事務局は、

「入植した二十五家族のうち、十家族は耕作を放棄したので、新鮮な野菜を安定的に供給するという当初の目的を充分に果たしていない。中には耕作地のいわば借地権を、禁じられているのにブラジル人に売り渡して、町に出てしまった者もいる」という主張を続け、何年も解決しなかったのである。

多くの山奥の日本人移住地と違って、サンルイスの移住地は、州都サンルイスから舗装された道路を車で三十分も行けば到着する、道路に面した立地条件が良い所で、農地の価格もだいぶ上昇したことがその背景にある。

当時の移住事業団（現ＪＩＣＡ）が、マラニョン州知事を日本に招待したことがきっかけになって、州知事の日本への理解も深まったので、この機会をとらえてサンルイスに出張し、州知事の面前で州事務当局と議論し、

「現に耕作を続けている者が、耕作を放棄した者と連帯責任を負って土地が払い下げられ

ないという規定はない。借地権を売った日本人はなく、建物や物置きなど自分で作った地上物件（ベンフェイトリアス）を売っただけ」と説明に努めた。日本からは、
奥ゆかしく、「法律論争はするな。そのうち日本での州知事への『おもてなし』が効力を発揮するはずだ」との指令が来た。

こちらとしては、知事と同席していた州の幾人かの議員の前で、州政府事務局に対し強く主張することで、知事が州の土地を払い下げやすくなる援護射撃と思って、法律論争まがいのことをやったつもりだったが……。

結局、現に耕作している家族に対し、無償で土地が払い下げられた。サンルイスには都合四回、毎回一～四時間待たされての面談だった。

こんないきさつもあって、ベレーン在勤四年で、本省の移住課へ転勤となることに。


ベレーンの総領事館では、文化広報の仕事も担当していた。

パラ連邦大学付属演劇学校の教員G氏は、文部省の日本留学を終え帰国すると、ベートーベンのエグモント序曲に続く、当時発見された楽譜部分の演出、上演を企画。一九六七年東京芸大声楽科を卒業した妻・奈都子（旧姓山口）に、ソプラノのアリアのパートを歌うよう依頼。

六九年秋、パラ連邦大学の文化行事として、ベレーンのオペラハウス・テアトロ・ダ・パスで上演された

これを機会に、日本総領事館の主催で、現地の代表的ソプラノ歌手、マリナ・モナルカ女史と奈都子（ＮＨＫラジオ「歌の本」で二年間レギュラー出演）のジョイント・リサイタル＝ブラジルのクラシック歌曲と日本歌曲の夕べ＝もオペラハウスで開催できた。

一年中、日本の真夏と同じ気温、湿度のアマゾン滞在四年間に、二人の子を産み、演奏活動も続けられたのは、よく頑張ったと思う。

本省に帰って一年後、アマゾン河口沖で日本のエビ漁船が、ブラジル海軍の艦船に拿捕されたというニュースが、外電などで大きく報道された。

中南米課に行って、ベレーン総領事館からの詳しい入電を見せてもらうと、『ブラジルの哨戒艦からの停船命令に、日本漁船が素直に従ってしまったため、哨戒艦は拿捕するか否か、ベレーン司令部、さらには海軍省、外務省まで巻き込んで電信が飛び交い、その間十三時間、哨戒艦と日本漁船は、洋上で並んで錨泊していた』そうである。

第四部　ブラジリアへの長期出張

一　浅間山荘連合赤軍立てこもり事件

アマゾンから帰国した直後、日本中の人がテレビに釘付けになるような浅間山荘立てこもり事件が起きた。

ブラジルで二週間遅れの日本の新聞を読んでいても、一九七〇年の大菩薩峠での赤軍派軍事訓練摘発（五十三名逮捕）、よど号ハイジャックなど、第二次安保改定闘争が、十年ぶりに盛り上がっているように見えた。よど号は、結局北朝鮮に飛んだが、当初犯人たちはキューバを目指していたと報じられた。

当時、ラテンアメリカでは、キューバで開かれたラテンアメリカの連帯第一回会議で、ブラジル共産党から離党したカルロス・マリゲーラが、ラテンアメリカの新左翼の闘争方針として「都市ゲリラ」を提唱。サンパウロ、リオ、ミナスの大都市部の学生、労働者を集め、人民解放行動（ＡＬＮ）を結成。数件の銀行強盗で資金を稼ぎ、一九六九年には、ブラジル駐在エルブリック米国大使を誘拐、解放と引き換えに、十五名の政治犯の釈放を、当時のブラジルの軍事政権から獲得した。

翌年には、大口駐サンパウロ日本総領事を誘拐し、数日後、政治犯と引き換えに解放する事件が起きた。計画したのは、ブラジル全学連（ＵＮＥ）幹部の日系二世という情報もあった。

大都会から遠く離れたアマゾン河口のベレーン市でも、日本総領事公邸から二軒置いた隣の高級住宅が、ゲリラ訓練用の武器の搬入中継地点として摘発された。数年前に開通したベレーン・ブラジリア国道近くのマラバにある農場に、ゲリラ訓練用のキャンプを作る最中だったとのこと。当時ベレーンの米国領事館には、ＦＢＩからの長期出張者がおり、この人が摘発前に本件について我々に警告してくれたことがあった。

一九七二年には、イスラエルのテルアビブ空港で、岡本公三ら三名が、ＰＦＬＰの作戦の一部として銃を乱射、二十四名を殺害する世界の耳目を引く事件を起こしている。

二　本省移住課

一九七二年二月、ベレーン総領事館から、本省の移住課に配置換えとなった。

海外移住希望者激減のため、それまでの移民船は廃止になり、代わりに航空機による移住が始まる。その第一回の移住者の人たちに付き添い、ブラジル、アルゼンティンまで見送ってきた。移住する人たちも以前の農業開拓移民の人は、縁故を頼ったわずかな人たちで、大部分は工業技術者の人たちであった。

国内の移住啓発（宣伝？）も、工業高校の先生方に県庁などに集まってもらい、工業技術者移住の新しい傾向を説明することもあった。ブラジルのように外資系の製造業が、そっくり移植されて発展した新興工業国では、部品製造など、すそ野の下請中小企業に未開拓の分野があるので、開拓者精神に富む若者は工業技術者として移住するのもひとつの選択ではないかという趣旨の話をした。

他方、国内で各県に出向いて、従来の農業開拓移住地の現状を説明するため、一ヶ月かけて中南米の開拓移住地十数ヶ所を見て回った。

この中には、当時日本政府を訴えていたドミニカ共和国の移住地（ブラジル・マラニョン州有入植地ではわずか十数家族ではあるが、交渉により土地の所有権を獲得した経験がある）や、パラグァイ、ボリビアの移住地を含むが、外国の移民を受け入れるのは、開発の困難な辺境の土地がほとんどという印象を受けた。

ボリビアのオキナワ移住地を訪問した時、移住者に今回の訪問の目的を尋ねられたので、「南米の農業は、その時の市場の動きを見て、新しい作物を半ば投機的に、大規模に作る企業的農業でないと大きな成功は難しいと思う。そこで移住者の人たちが現地の金融機関から、どのような資金調達が可能か、現地の金融機関も訪問し、調べに来た」

と答えた。トラクターなど大型農業機械を銀行からの借入金で購入する場合、「動産抵当」と言うべきか、トラクターなどに設定された抵当権がすべて登記され、例えば中古のトラクターを買う場合、抵当権が登記されているか否か買い手が調べる義務があるのが面白い。やはり中古のトラクターが貴重で、広く流通しているためであろう。また、

「農産物市場の価格の動きを機敏にとらえるには、商社などと契約栽培するなどいかがか？」と説明した。

すると、その移住者は、

「我々のような区画割りされた計画移住地で、どんな企業的農業ができるか？」

と反論された。

三　田中角栄首相のメキシコ・ブラジル訪問（資源外交）

一九七三年の石油危機以来、世界各地で資源ナショナリズムが高まった。食料自給率の特に低い日本は、いかに食料・飼料資源を確保するかが喫緊の課題となった。

その場合、問題の起こりやすい東南アジアより、日本からの移住者を受け入れてきたラテンアメリカの方が、資源確保で進出の余地があるように思われた。

ただ、食料の場合、貧困のため充分な食料が買えない一部の低所得者がいる面前で、外国が大量の食料を買い付け、国外に持ち出すには、細心の配慮が必要となる。

このような状況の下で、一九七四年、田中角栄首相のメキシコ（石油資源）、ブラジル（農産物資源）訪問が計画された。

移住課に二年いた後、この準備の下働きのため、また中南米一課に戻された。

ブラジリアの周辺には、日本の面積の五・五倍に相当する標高一〇〇〇メートル前後の草原台地がある。低い灌木《かんぼく》がまばらに生える「セラード」と呼ばれる広大な草原である。この地帯の土壌は酸性が強く、アルミの毒性も含むやせ地で、今まで耕作地としては利用されてこなかった。

セラード（cerrado）とは、ポルトガル語としては、塀《へい》で囲まれた菜園を指すが、ブラジルの場合、草原台地の中の川沿いにだけ高い樹木が生え、その樹木が中の草地を垣根のように囲っているように見える地形を指す俗称のようだ。アフリカのサヴァンナに例える人が多いが、アンゴラのサヴァンナより、セラードは降雨量が多く、草が生い茂っている。

土の物理的性質も、砂地より改良しやすいように見える。

この土壌を改良して、大豆や綿花が栽培できれば、世界の総供給量を大幅に変える可能性さえある。既に日系人を中心とするサンパウロのコチア産組は、ミナス州政府と組んで、アルトパルナイーバ河流域開発計画の一部として、セラードの土壌改良に取り組んでいた。

田中首相の訪伯の準備関係省庁会議では、ブラジルのマスメディア対策として、

「もしセラードから大量の、例えば大豆が産出されるようになれば、ヨーロッパ諸国は今まで北米から買っていたものを、ブラジル産に切り換えるだろうし、そうすれば日本は距離的に近い北米産の大豆を買いやすくなる。日本の目的は、ブラジルから食料を持ち出すのではなく、世界全体の供給量を増やすことである」と説明することにしていた。

これが一因となってか、現地の新聞報道の中には、

『野心的な田中首相が、北米シカゴの穀物市場に対抗するつもりか』

との憶測記事も見られた。日本語新聞の中には、

『角さんが〝よっしゃ〟と胸をたたいて、セラード大規模開発を引き受けた』

というのもあった。

大規模開発といっても、とりあえずは、日本側の資金と技術で、農事試験場兼モデル農

場をつくり、土壌の改良とさまざまな作物の試作から始めるというものだった。

ブラジルのカトリック教会は、セラードの川沿いのところどころに住みついた自給自足の貧農が、農業開発プロジェクトのため追い出されるのではないかと懸念し、日本に調査のため人を派遣するとのことであった。ブラジルのカトリック教会内には、いわゆる「解放の神学」と称する、若い改革派の神父達の発言力が高まっていた。

四　ブラジル訪問時のハプニング

裏方には予想していなかった出来事もあった。

公式訪問の際は、首相の会談相手の先方の政府要人に土産品を持参するのが慣例となっている。ブラジルの大統領、最高裁長官、連邦議会議長、外務大臣など。日本の百貨店の外商部門の入札で調達し、外務省の講堂に集めて、首相の代理の人に事前にお見せする。

土産品としては、なるべく価格が分かりにくいもの、日本的なものという基準で、通常、大形の花瓶などが主なものとなるが、そこに首相令嬢が現れ、「趣味が悪いわねえ。何か別のものを、私が自腹で調達する」とのこと。首相のポケットマネーで、大統領宛には〝金の屏風〟が付け加えられることになった。

ポルトガル語のBIOMBO《ビヨンボ》は、日本語の〝びょうぶ〟に由来するといわれ、金色のビヨンボなら豪華で、もらう方も喜ぶだろうと思ったが、結局、もらった人が使い易いよう茶の湯などに使う丈の低い衝立《ついたて》になった。

チャーターしたJALの特別便が、メキシコ訪問の後、ブラジリアに到着すると、すぐその足で土産品を日本大使館に運び、梱包を解いて、首相がその日のうちに会談する大統領、最高裁長官、連邦議会議長のもとに届けねばならない。会談の際、先方がもらった土産品のお礼を言えるためでもある。

ブラジリアの日本大使館の職員が、手際よく多くの梱包を解いていってくれたが、「木箱の中には、首相直々の金の衝立が入っている」と私が説明すると、皆手を引っ込めてしまった。カナヅチとノミで木の蓋を開ける際、金箔の衝立を傷つけては大変と、尻ごみしてしまったのである。

会談前に、大使館の車で土産品を届けるのが私の役目なので、ノミを使ったことがない私が、汗びっしょりになって厳重な梱包を解くことができた。

土産品を届けて大使館事務所に帰ると、突然、首相が最高裁長官を訪問する際、通訳をせよとのこと。

それまで、ブラジリアに勤務していた、私より三年上の書記官が、ブラジリアでは首相の通訳をすることに決められていたが、大統領との会談の際、極度に緊張し、会談が一時途切れたとのことで、突然の代役を務めるはめになった。

汗がしみ出たワイシャツを着替える間もなく、最高裁判所に駆けつける。

最高裁長官は、短い白髪に縁なし眼鏡をかけた気難しそうな人で、長官室に他の三名の裁判官を従え待ち構えていた。短い挨拶の後、長官は内ポケットから紙を取り出し、田中首相歓迎の自作の詩を朗読しだした。韻を踏んだポルトガル語の詩を、即座にそれらしい日本語に移すことは私にはできないので、首相には歓迎の詩である旨前置きし、最初の二、三節を訳した後、長官に、

「言語の大きな違いから、日本語の韻文に移すのは時間がかかるので、今朗読された紙をいただきたい。後でじっくり翻訳したい」と申し出たところ、長官は不機嫌そうな顔で、詩の書いてある紙切れをくださった。

五　田中首相、連邦議会議事堂に閉じ込められる

その日の最後の行事は、連邦議会訪問だった。ジェット機の形をした市街地を持つブラジリア新首都の機首の部分に連邦議会の建物は位置している。お椀を伏せたような形の屋

根を片側に、反対側にはお椀を上向きにした形の屋根を持つ上・下両院を事務局がつなぐ形の超モダンな建物である。

田中首相はこの建物の構造に関心を持ったようで、公式行事としては、議長に挨拶したあと、建物の内部をざっと見学するだけとなっていた。

ところが、議長に挨拶する前に議事堂に案内され、足を踏み入れた途端、後ろで出入り口が閉められ、光が差し込んでいたすべての窓は閉められ、真っ暗な中、テレビニュースのカメラと思われるフラッシュライトを浴びた。ライトがあまりにまぶしいので、周りで何が起きているのか分からなかった。

日本の大使は、私に向かって、

「何してるんだ、しっかりしろ」「こんな公式行事はないぞ」

と日本語で声を荒らげたので、私が何かヘマをしたのかと、またフラッシュを浴びた。ブラジルの議事堂内で進行中の出来事を止める権限など、一通訳にあるはずがない。

大使は「儀典長（ブラジル側の接待責任者）を探してくる」と言って去ったので、田中首相と通訳の私だけがブラジルの議員たちに取り囲まれて残された。

議長が「皆さん静粛に着席ください」と言ったので、その旨首相に伝える。

議長は、「日本の首相を議事堂に迎えることは大きな喜びである」と前置きし、

「与党《ARENA》、誰々君、発言を許可します」と言ったので、首相に、

「歓迎のスピーチが始まるようです」と耳打ちする。

当時、ブラジルは、事実上の軍事政権で、一九六四年のクーデター以降、五〇〇名弱の下院議員中、七十名を公職追放し、すべての政党を解散させたあと、与党と野党《MDB》の二大政党に再編成。外見上、議会が機能している体裁をとっていた。

与党議員は、日本のブラジルに対する企業進出、経済協力を一層促進するよう田中首相に訴える旨のスピーチをした。

すると、田中首相は、

「わしが答辞をするから、君、通訳してくれ」

と立ち上がる。私も立ち上がりながら、

「日本の首相が発言を求めています（イスターペディンド・パラーブラス）」

と言ったが、議長は、まったくこれを無視。議長は次に、

「野党《MDB》、何々君、発言を許可します」と言うので、

「次に野党代表が挨拶するそうです」と首相につぶやくと、「ああそうか」と座った。

このライトを浴びて立ったり座ったりしたのも、テレビカメラに映された。

野党代表は、

「日本が戦後、急速に復興したのはなぜか？　再軍備しなかったからである」

と、日本国憲法第九条のポルトガル語訳を読み上げる。これは、もちろんブラジルの当時の軍事政権へのあてこすりである。

憲法九条を読み上げている最中、首相にその趣旨をつぶやくと、

「あっそうか」

やっと首相の答辞の番が回ってきて、首相は短く、

「私は新首都ブラジリアの建設に、多大の関心を持ってきた。若い頃、建設業に携わっていて、ブラジルは夢の国であった。この議場に一日座っただけで、その夢の国の一議員になれた気がする」と答辞すると、大きな拍手が起こった。

公式行事にない、相手国の首相を議事堂に閉じ込めるというハプニングは、外交上非礼の出来事だ。当時のブラジルの軍事政権は、大国として議会が機能しているような外見を保つため、議員の議事堂内の発言に限って免責を認めていた。議事堂を一歩でも出た時の発言であれば、別件逮捕されるかもしれない。議会は、そのうっぷんを晴らすため外国の首相訪問の機会をとらえて、ブラジルのマスメディアを通じて、公式行事にないハプニングを計画したのであろう。

田中首相に、この旨説明すると、

「どこの国の議会だって、こんなもんだよ」と笑い、

「君、一緒に写真とろう」ということになった。

間近で見る田中首相は、ピンク色の顔にうっすら汗を浮かべ、終始扇子を使っていたが、こんな健康そうな日本人は見たことがないというのが最初の印象だった。


この後、リオ、サンパウロと一泊して首相のブラジル訪問は終わったが、ちょうどこの頃日本では、三菱重工本社ビル爆破（死者八名、重軽傷者三八五名）、三井物産等の連続企業爆破事件が発生する。

リオでは公式行事はなく、一行は超一流ホテルに一泊した。

臨時通訳の私は、万一の爆弾テロを警戒して、首相の真下の階の部屋を当てがわれたが、当時の平《ひら》公務員の宿泊手当は九〇〇〇円ぐらいだったのに対し、三万五〇〇〇円の部屋でぎくり。中南米一課長に、差額を出してほしいと願い出たら、

「外務省員でそんなこと言ったのは、君が初めてだよ」と一蹴された。

首相の公式随員の十名余り（本省の課長以上）は、招待したブラジル政府が宿泊費を負担するが、非公式随員は、この中には含まれないのである。

翌朝フロントに支払いに行くと、どこでどう聞いたか、首相の私設秘書の方（後にロッ

キード事件関連で自殺）が、既に支払ったとのことであった。

サンパウロでは、日系人会の歓迎に次ぐ歓迎があったが、その壇上で田中首相は懐から挨拶用の紙を取り出し、

「外務省が、この立派なスピーチの原稿を用意してくれたが、こんな話は私はしません。私は若い頃、ブラジルに移住しようかと思ったこともありましたが、病気にかかり、叶わず今に至っております。もし移住していたら、こんな壇上からでなく、そちらの皆さんの側に座っていたんです」と言って、スピーチ用の紙を、テーブルの隅に、ポンと放った。

聴衆は、どっと沸き、拍手が鳴り止まず、移住者の人たちの外務省、総領事館に対する反感、うらみをひしひしと感ずる。

外務省作成のスピーチの原稿を書いた私は、そのあとの首相独自の話の内容を、まったく憶えていません。

六　在ポルトガル大使館へ

田中首相のブラジル訪問のあと、一九七六年六月、待望の在ポルトガル大使館への赴任が決まった。

ポルトガルに赴任すれば、ポルトガル語専攻の学生時代からの夢だった大航海時代の古文書の宝庫、トーレ・ド・トンボ公文書館、アジューダ旧王室図書館にも通えるし、リスボンの街は冬霜も降りず、夏は乾燥した快適な気候で、毎日ワインは飲めるし、七輪で焼いた新鮮なイワシも食えるし……と期待した。

当時のポルトガルは、一九七四年四月二十五日、二〇〇名余りの若手将校が、植民地の解放によるアフリカ人との独立戦争の終結を主張するクーデターを決行し、四十年余り続いた権威主義的サラザール～カエターノ政権を打倒、リスボン市民大多数の歓迎を受けた。これらの若手将校たちは、植民地戦争をやめるという以外、明確なプログラムや強力な指導者を持たず、次第に最も過激な発言をする将校グループに引きずられ、銀行の国有化や大農園の接収を決行。

西ヨーロッパでは、最もマルクス主義（『ブリタニカ』の表現）的といわれる一九七六年憲法を制定。左翼軍人十八名による革命評議会が違憲立法審査権を持つ体制を急造。

この急変には従来の保守層が大反発、右翼の爆弾テロ（キューバ大使館事務所爆破）も加わり、改革派の金属労組、造船労組、学生連盟などと正面衝突、連日デモ、ストライキが続いた。

四、五階建のビルの間の石だたみの道を、路面電車が港に向かってゆっくり下りて行く軽快で落ち着いた町だったリスボンのありとあらゆる建物の壁には、ペイント・スプレーで政治スローガンが書きなぐられ、表面的には、ポルトガルは一変してしまったように見えた。

国際的には、地中海の入り口、ヨーロッパ大陸への海からの足がかりポルトガルが、第二のキューバとなるか否かに関心が集まっていた。

日本からも数名の国会議員、新聞記者、研究者が、入れ代わり立ち代わり視察に訪れており、その人たちを、ポルトガル南部平原のところどころにある接収された大農園に赤旗が乱立する様子を遠望するために、車で案内したこともあった。

ポルトガルは、第一次大戦の時は、植民地アンゴラを隣のドイツ領だった南西アフリカから守るため、英・仏側に参戦したが、第二次大戦の間は、サラザール首相が中立政策を採ったため、リスボンは、日本を含め各国の情報機関が集まるヨーロッパ随一の都市となったが、一九七六年前後も、似た状況が現れた。

米国大使は、駐ポルトガル大使のあと、ＣＩＡ長官に就任したし、ブラジル大使は前情報局（ＳＮＩ）長官だった将軍で、情報畑出身の外交団が多かった。

日本は、大使を含め、わずか五名の陣容（第二次大戦中の四分の一）で、米国大使館やブラジル大使館を通じ、ポルトガル軍部内の革命審議会について情報を得ようと努めた。

当時、リスボンのブラジル大使館事務所は、日本大使館事務所と同じビル内にあり、つてを求めて接触を試みたが、前ブラジル情報局長官の大使の箝口令《かんこう》により、とっかかりがつかめなかった。

三人の子供のうち、上の二人をリスボン郊外の農園を改造した新設のインターナショナルスクールに入れてもらったところ（日本語学校は、土曜日のみの補習校）、ＰＴＡの役員となり、学校と日本人子弟の父母との連絡係を務めることになった。

アメリカ人父兄の提案で、リスボン在住の日本人を集め、アメリカ大使館員とのソフトボールの試合が行われるようになった。これからアメリカ大使館筋から情報が流れるかと期待していた最中、ブラジリアへの長期出張で、中断することになる。

このソフトボールの試合に、キューバ大使館関係者も招き入れることができないかと、元在日キューバ大使館に勤務し、当時ポルトガルに転勤になっていた書記官を訪ねたが、ソフトボールのチームを作るほどキューバ人はいない（？）とはねつけられた。

リスボン在勤一年目は暗中模索で、毎朝、ルーティンの日刊三紙を読み、別のローカル紙を読んでいる大卒のポルトガル人現地職員と興味を引いた記事について討論。それらの記事のニュース・ソースの信頼度を、新聞社内の情報提供者から聞き出し、週一回本省に報告していたが、隔靴掻痒《かっかそうよう》の感をまぬがれなかった。

一九七四年革命（クーデター）のあと、二年も過ぎると将校グループの内部分裂から、クーデターの詳細を暴露する自費出版の本（例、ディニス・デ・アルメイダ大尉の三巻本など）が出始め、クーデターを起こした少壮将校グループの実態が、だんだん明らかになってくる。

要は、アンゴラ、モザンビックの独立武装闘争を抑える最前線に立たされる少壮将校の死傷率が高かったこと。というのは、アフリカ人側はゲリラ組織で待ち伏せし、小隊長・中隊長だけを狙撃すると、ポルトガル側のアフリカ人兵士が逃走してしまう例が多い。

ポルトガル政府要人にコネがある将校は、危険な最前線に配属されない不公平感。さらには、以前は厚遇されていた士官学校出身の将校団（Q・P）に、戦線の拡大とともに、一般の大学出身者で短期の軍事訓練を受け登用された将校グループが加わり、その間の反目・競争が絶えないこと等々が、クーデター後の軍部の動向が右往左往した原因と思われる。

クーデターで倒されたサラザール〜カエターノ政権は、サラザール首相自身、大学生時代カトリック学生連盟の会長を務め、終生独身。父は不在地主の代わりの農園の管理人の一人っ子で、蓄財とか身内びいきの悪評がない敬虔なカトリックとして信頼を集めていた。第一次大戦後の経済危機の際、コインブラ大学財政学教授から大蔵大臣として招かれて、危険を乗り切り、首相になる。

首相になってからは、法案の先議権を持つ共同体議会（職能別各種労働組合、教職員組合など、共同体の代表から構成）内の利害調整を行い、行き詰まると、自分は首相の座に未練はないと公言して、コインブラに引き込もる。

軍部の古顔を大統領に据え、職業軍人を植民地の地方行政官に登用して、軍部を人事で骨抜きにし、秘密警察を組織して自分の身を守り、独特の専制・独裁者になっていく。

脳梗塞で倒れてからは、リスボン大学のカエターノ教授を後継者に据え、権威主義的体制（衆愚政治を避け、一部の賢い者たちだけで統治する）を維持し、アフリカの英・仏植民地が次々に独立するまでは、政権の不安定要因は表面化しなかった。

軍部以外の諸勢力として、ポルトガル共産党は、サラザール政権下では、指導層はモスクアに亡命し、下部組織は週末リスボンの下町で政府批判のビラを執拗に撒き続けていたが、首脳陣が亡命先から戻ると、現実的・穏健路線をとり、新左翼との対立を明確に打ち出していく。

ポルトガルの新左翼は、サンジカリズムの伝統を残す金属労組、造船労組と全学連の一部（多数派は、後にポルトガル社会党を結成）が分離し、トロッキスト、毛沢東主義、カストロ信奉グループなどに細かく分かれ、デモを組織する力はあったが、それ以上の勢力拡大が望めるか疑問だった。

やはり一般庶民は、英国が脱退したＥＦＴＡのあと、ＥＣ（現ＥＵ）諸国に出稼ぎに行くポルトガル人が増える中で、植民地を解放してＥＣに加盟することを望む人が多く、ポルトガルがキューバ化して、資本主義陣営からボイコットされることを怖れていた。


ポルトガル共産党は、一九七七年の党大会に世界各国の共産党代表を招いたが、日本大使館にも案内状が来たので、傍聴に出かけた（室内体育館に一〇〇〇人ぐらいの出席者があった）。

通路を隔てた真横の席に、五、六名の北朝鮮代表国が座ったので、話しかけると、筆者をどこかの国の代表国の一員と誤解したのか、愛想良く応じていたが、同僚に注意されて日本人だと気づくと、急に口を閉じてしまった。

日本から「赤旗」の記者の人も来ており、挨拶を交わした。

翌日、在ポルトガルの韓国大使館の人が、日本大使館事務所に私を訪ねてきて、昨日北朝鮮の代表国の人と何を話したのかと尋ねられた。

在外公館の活動を、巡回して視察する査察使から、在ポルトガル大使館は文化広報活動を活発化すべきであるとの勧告があった。

翌年、「早稲田小劇場」のヨーロッパ巡回公演に、ポルトガルも含めていただくことになり、リスボンのグルベンキアン財団のホールで「トロイの女」等の公演が実現した。また鈴木座長の「身体表現」のワークショップも公開できた。

また、外務省の企画で、日本から女流墨絵画家がポルトガルにも巡回してきて、グルベンキアンの小ホールで、デモンストレーションを行った。

一九七四年の革命以前、ポルトガルでは、オペラの主役級はイタリアから招いていたが、革命後はオペラの大衆化を目指して、ポルトガル人の歌手だけで行うことになり、最初の公演として「蝶々夫人」を取り上げた。

主役の蝶々夫人を演じたことのあるポルトガル人の歌手がいないことから、日本女性の身振り、立ち振る舞いについて助言してほしいとの要請があったので、国立ドン・カルロス劇場に奈都子を派遣した。

家内・奈都子は、在留邦人を集めて合唱を指揮していたが、これにアメリカ大使館のスタッフが加わって三十名ほどの合唱団となり、アメリカ大使館の文化行事の一環として、ホールを借りて日本歌曲、アメリカのミュージカルの一部を歌うコンサートを行う日取りが決まっていた。

ところが、リスボン在住一年と三ヶ月ぐらい経った早朝五時、本省の中南米一課長の電話で、たたき起こされる。

「来年の六月、皇太子殿下・妃殿下がブラジル移住七十周年でブラジルを訪問されるので、ブラジリアに転勤してもらいたい」

「えー、この前はアマゾンに四年勤務したのに、ポルトガルはまだ一年少々で転勤ですか？ほかに適任者がいるのではないですか？」

「アマゾンに四年間勤務と言うが、二年目に、別の任地をオファーされたんではないか？」

「確かに二年目に、転勤したいか尋ねられた時、ベレーンで家具付きのアパートが見つからず、すべての家具を月賦で買い、まだ払いきっていないのでちょっと考えさせてください、と言いました。ただその翌日、家族と相談しましたが、転勤を希望しますと申し上げました。その後、何の音沙汰もないので、アマゾン勤務の後任者が見つからなかったのではありませんか？」

電話はそこで切れたが、その二週間ぐらいあと、また早朝の電話で、

「君は、東京で皇太子殿下・妃殿下の通訳を何回か務めたことがあるんだろう。両殿下の通訳を務めるのは名誉なことだろう」

「私は小学校三年生の時、敗戦。疎開先の小学校の奉安殿を崩して、すもうの土俵を作った世代なので、皇室に対するあこがれはないんです。お願いですから、あと一年はポルトガルに置いてください」

その二週間あと、本省より「ブラジリアに転勤させる」との内示があった。

大使に、中南米一課長との電話のやりとりを説明し、何とかなりませんかと申し上げたところ、大使は、

「今年の初めに、一任地には二年間は勤務させるとの本省人事課長の通達があったので、ここをついてみよう」と、大使自ら電信文を書いてくださり、これで良いかと示された。

電信文には、本省の行き当たりばったりの人事異動を非難する表現があり、公電では、人事課長の面子をつぶすのではないかと危惧したが、大使自ら起案の電信文に注文はつけられず、よろしくお願いしますと申し上げた。

すると、その一ヶ月ぐらいあと、

『ブラジリアへの出張を命ず』という電報が入った。

ちょうどその頃、一九七七年九月末には日航機が連合赤軍にボンベイでハイジャックされ、ダッカに着陸。奥平純三ら九名の釈放と六〇〇万ドルの身代金を獲得。これは、いわゆる超法規的措置の第二回目で、第一回目は一九七五年八月にマレーシアの米国大使館、スウェーデン大使館を占拠し、見返りに連合赤軍の坂東ら五名の釈放を獲得した時のものである。

既に一九七一年、日本を出国していた重信房子は、仲間と資金を確保した上で、反皇室闘争を宣言。

このような状況の下での皇太子殿下・妃殿下のブラジル訪問は、恰好のターゲットとなるおそれがあった。

御訪問の警備を担当することは、何も起こらなくて当たり前、事故が起きれば即馘首《かくしゅ》という、誰でもさけたい任務である。

本省に勤務している四、五年先輩のポルトガル語関係者が、リスボン勤務を希望して、中級・語研入省者の人事異動の原案を作る本省の調査官に工作していると教えてくれた同期入省者がいた。今は「ブラジリア出張を命ずる」だが、はたしてポルトガルに帰れるか、暗雲が立ち込めてきた。

反皇室闘争は、一九一〇年の幸徳秋水事件以来、長い歴史を持つが、近くは一九七二年の沖縄の本土復帰の際、皇太子殿下・妃殿下が、ひめゆりの塔で火炎ビンを投げつけられた事件が記憶に新しい。

七　ブラジリアへの長期出張

一九七八年六月、ブラジルへの最初の移民船・笠戸丸がサンパウロへの移民を乗せて、サントス港に到着した七十年目を記念する祭典が、各地で行われることになっていた。

この祭典に、ブラジル在住の日本人・日系人の諸団体が、皇太子殿下・妃殿下の行啓を強く希望する旨の陳情があり、ブラジル政府も賓客として迎えることになった。ブラジルにおける日本人・日系人の皇室に対する尊崇の念は、日本で想像する以上のものがある。

笠戸丸で渡伯した子供を含めた第一回移民の生き残りの人もわずかとなり、存命のうちに殿下・妃殿下にお目にかかりたいという熱望が、邦字紙で報じられていた。

皇太子殿下・妃殿下は、ブラジリアに立ち寄ったあと、ブラジルの古都サルヴァドール、サンパウロ市、パラナ州の移住先駆者共同墓地などを巡る（車での移動を含む）長い旅程で、この間安全を確保するのは、相当難しい課題と思われた。

当時、軍事政権の主導する、日本との経済開発諸案件を妨害しようとする勢力もあり、また一九七〇年にサンパウロ日本総領事を誘拐し、代わりに政治犯を釈放させたグループと、ブラジル全学連（ＵＮＥ）との連携、さらには海外の過激派学生とのつながりが懸念された。日本総領事を誘拐したグループは、アルジェリアからパラグァイ、ボリビアとブラジルの国境地帯を経て、再びブラジルに潜入したとの情報もあった。

警備体制としては、一義的にブラジル当局が責任を持つが、両殿下は、ほとんど日本人・日系人諸団体の主催するさまざまな行事に御臨席されるので、大部分は日本側に直接の責任がかかってくる。

警備については、筆者の元公務員としての守秘義務があるので、既に多くの人に知られている事実の概要のみを参考までに列挙する。

(1)　日本側は、御来伯される約三ヶ月前に、警視庁から警備の専門家二名をブラジルに派遣し、行啓各地のブラジル側当局と打ち合わせをする（筆者通訳）。次いで一～二ヶ月前に、両殿下に随行してくる皇宮警察の警備官二名が行啓先を事前に視察する。

(2) 在ブラジリア日本大使館より、ブラジル外務省に対し、さまざまな警備上の懸念や改善点、並びに日本側のテロリストの動向についての情報を、口上書（機関間の事務連絡のようなもの）の形で通報する。日本側は、あとで問題が起きた時の責任を逃れるためか、細かい情報まで連絡していた。

(3) 前記(1)の警備専門家から、「首相など政治家なら、たとえ暗殺されても、代わりになりたがる人がいくらでもいるが、皇族の場合、そうはいかない。我々はブラジルの事情がよく分からないので、現地側でよろしく頼みますよ」と言われ、責任の重さを、ひしひしと感じる。

テロを実行しようとしたら、前もって必ず現地の下見を行うのが常である。その場合、ブラジルでは偵察者が長距離バスで移動する可能性が高い。そこでブラジル内の六ヶ所の日本領事館が存在する各都市の長距離バスターミナル近くで商店等を営んでいる永住者に依頼し、外国から最近来たと思われる挙動不審の日本人（不思議に永住者と雰囲気が違う）を、最寄りの領事館に通報してもらう。この網にかかった人物をブラジル側に通報し、フォローしてもらう（実際には二件あった）。
(4)　行啓の行程の中で、専門家が最も危険度が高いと見た場所は、植民地時代政庁が置かれた古都サルヴァドール。その中心街を、お歩きになりたいという御要望があったのと、パラナ州の移住先駆者共同墓地に達する数十キロメートルの車で移動する区間である。
サルヴァドール市は、外国人観光客も多く、中心街の狭い道路の両側の建物から、狙撃される可能性のある箇所が多数あったので、両殿下が歩かれる予定の二〇〇メートルぐらいの道の両側の建物に、最近転入してきた者がいるか否か調べてもらった。

パラナ州の共同墓地への道は、両側にコーヒー園が十数キロメートル続き、襲撃用のトラックなどを隠せる脇道が多数あった。

行啓の前日、近くの町で、ライフル銃を複数トランクに入れた車を現地の警察が摘発したため、当日はブラジル陸軍の武装ヘリ二機が、皇太子殿下御一行の車列の上空を、8の字を描いて追い警護した。
(5)　大平原の中に孤立しているブラジリアの新首都は、比較的安全といわれたが、前記(3)の挙動不審の留学生一名がいたこともあり、大使館の前庭で行われる在留邦人・日系人の集まりを警戒した。

　その集まりには、殿下がお立ち台の上から挨拶される場面があったが、ブラジル警察は、草原の中に孤立している大使館へ通ずる舗装道路を封鎖、検問するだけなので、四輪駆動車なら道路を外れて草原を突っ切り、大使館の塀まで達し手榴弾など投げ込まれるおそれがあった。日本人会の役員の方々に集まってもらい、草原を突っ切って来ても、大使館の前庭の塀にまでは近づけないよう、役員の方々の乗ってくる数十台の車を草原にも駐車してもらった。

　また、大使館の門の前で、日本人会の各地区の役員の人に立ち合ってもらい、自分の地区の日本人だと認められた人たち（合計四〇〇名ぐらいだったか）を前庭に入れてもらうことにした。また各地区に精神の異常をきたしている人がいれば、当日できれば二名の監視をつけてくれるよう頼んだ。

　両殿下の御来伯を最も歓迎したのは、在留邦人・日系人の人たちだったので、当方の協力要請に快く協力してくださった。

　他方、ブラジルの警備当局は、安全第一を荒っぽく考えて、行啓の道筋を、日本側に知らせずに当日突然変えたことがたびたびあった。両殿下を一目見たいと奥地から出て来て、何時間も沿道に立ち尽くした人たちから、だいぶ苦情を言われた。

両殿下のブラジル行啓の全行程にわたって、筆者は大使の車の前席に座って、警備関連のブラジル側との連絡係を務めた。

警備が特に何事もなく終わって、髪を洗ったら、洗面槽が真っ黒になった。円形脱毛症が始まっていた。

ブラジリアは首都だから、辺境の地とはいえないという人もいるが、一九六〇年に何もなかった草原に、単にブラジル全土の地理的中心というだけの理由で急造された人工都市は、歴史も趣きもない、奥地開発の最前線の僻地である。

例えば、昼食を食べるには、大使館区域から、木陰もない草原の中を二キロも歩いた団地の中の食堂まで行かねばならない。

両殿下の御訪伯が終わって、四、五ヶ月ぶりにポルトガルに帰る前日、ブラジル外務省儀典局に挨拶に行った。

なじみの儀典官（課長職）は、筆者の顔を見るなり、

「今度はボリビアに行くんだって」と言ったので、びっくり。

本人より先に、富士山より標高の高いラパスに転勤するのを知っているとは！

「今度はボリビアで何があるんだい」

左遷なら、その理由も分からず（ポルトガル語の要員で、ラパスに赴任した人はいなかった）、ショックを隠しつつ、別れの握手をしようと手を差し伸べたが、それを拒むかのように、儀典官は腕組みをしてしまった。

というのは、前記2．の日本側のブラジルの警護に対する要望が、あまりに細かいため、儀典官から、それほど連合赤軍の動きが心配なら、今回の御訪伯を延期してはどうか、との申し出があり、それを本省に伝えたところ、

「ブラジル政府の公賓として受け入れる以上、その安全を確保するのは、ブラジル側の責任である」との返答があった。

日本移民七十周年に皇太子殿下・妃殿下の御訪伯を要請したのは、もとはといえばブラジル政府ではなく、在留邦人・日系人の団体であり、本省の返答をどう伝えるかで、ブラジル外務省との間がぎくしゃくしてしまったのである。

結局、口頭で、

「笠戸丸の生き残りの人も少なくなり、両殿下の訪問は、日系ブラジル人《ニッポ・ブラジレイロス》八十万の願いである」と伝えたが、儀典官は、日系人の皇室に対する感情は、よくは理解できなかったようである。

第五部　アンデスの銃声

一　通信社からの国際電話

隣の部屋の電話が鳴っている。朝五時だというのに、鳴り止まない。

南米ボリビアの首都ラパス市。一九七九年。

単身赴任のマンション３ＬＤＫ暮らし。

隣の部屋も、またその隣の部屋も、使われていないベッドがあるだけの部屋。

「××通信ですが、今そちらでクーデターが起きていると、ＢＢＣが放送しましたが、どうですか？」

「ちょっと待ってください。今、町の中心に近いマンションの十二階から、大統領官邸の方を見てみますから。……窓から谷の向こうの約一キロメートル離れた官邸の方を見ていますが、特に車両の動きとか見えませんね。メインストリートも、車が普通に通っています」

「うーん、ボリビアは、今まで一八七回もクーデターが起きてるんで、今回も軍人大統領の首のすげかえですかね？　……大統領官邸の前の広場に戦車を並べて、地方の軍の司令官たちがクーデターを支持するかどうか声明を待つ、というやつですかね？」
「そういうクーデターもありましたが、近年のボリビアは、もっと複雑な国だと思いますよ。一九五二年のいわゆるボリビアの民族革命の時は、鉱山労働者二万人のうち八千人が、腹にダイナマイトを巻いて、山からラパスの町に下りてきて、正規軍を解体。外資系鉱山会社の国有化、農地改革、文盲に選挙権を与える選挙法の制定など、民族革命といっても良い改革を断行しましたし……一九六七年には、一度解体された正規軍が、何年もかけて再生されて行く中で、チェ・ゲバラが、キューバ式の革命を持ち込もうとして失敗。軍人の政治意識も周辺の国に比べ高く、単なる将軍間の勢力争いのクーデターは起きにくいのでは……」

いつの間にか、国際電話は切られていた。

二　ラパス市の中心部へ

日本大使館員の中では、事務所の一番近くに住んでいたので、とりあえず事務所に行ってみることにする。普段は、急な昇り坂を三〇〇メートルほど歩いて出勤していたが、マンションの地下駐車場から、自家用の四駆、トヨタ・ランドクルーザーを引っぱり出して、青空が抜けて見えるような市内に乗り出す。

ラパス市は、乾燥した灰色の山の斜面が、まわりじゅうを取り囲んだすり鉢状の地形の底にある。斜面には、朝日を受けてところどころ光るトタン屋根の小さな家がひしめいている。木はほとんどない。屋根のトタン板は、日系企業が製造したものだそうだ。すり鉢の底の部分が町の中心になっていて、元鉱山町風の古い二、三階建ての商店街との調和を破って、二十から三十階建ての高層マンション、ホテルが十数棟そびえている。人口は六十八万。

当時の大使館事務所は、中心から五〇〇メートルぐらい離れた高級住宅街にある三階建ての独立家屋を借りていたが、テニスコートぐらいの広さの中庭には、荒涼とした周辺の景観とは対照的に、目にしみるような緑の芝生と、数本の大きな木が繁っていた。

いつもいる夜警のおじいさんがいない。ラパスでは「どろぼうも歩いて逃げ、おまわりさんも走らない」とよく言われるが、石だたみの車道を大勢の人が、小走りに何か叫びながら町の中心に向かっている。車を置いて、メインストリートがX状に交差する町の中心の三角形の広場に向かって、私もついて行った。

広場の先の四、五軒目の建物の前の人だかりが一番大きい。近づいて建物の二階を見ると、二階の窓とその周りが吹き飛んで、人間が二人通り抜けられるぐらいの穴があいている。

広場の周辺には、発砲騒ぎにもかかわらず、数百人の人たちが何やらしゃべっている。どうもアイマラ語かケチュア語のようで意味が分からない。ラパスの町の路上では、通常五割以上の人が、先住民の生活習慣、言語を守っている人たちで、特に女性は、ヒダが深く落下傘のように広がったスカートを身につけ、シルクハットのような帽子をかぶっているので、外見からも分かるのである。

ケチュア語は、インカの末えいが使っている言語であるが、日本で有名なインカは、古代ローマ帝国のような軍事組織力で、スペイン人が侵略して来る百数十年前に、周辺の土着先進文明を征服・吸収した民族で、インカ歴代の王も十三代しか知られていない。むしろインカ以前から遺跡を多く残しているアイマラ語系の先進文明が、もっと注目されるべきであろう。

アイマラ語族とケチュア語族のほかには、スペイン語と先祖の言語の両方を解する混血が三割ぐらい、スペイン系を主とする白人は、十二〜十三パーセントしかいないといわれる。


広場に面した三角形の町角で、長年お菓子屋を経営している日本人会の副会長I氏に、この事件のいきさつを聞きに行ったところ、次のようなことであった。

その日の朝、陸軍の戦車が、鉱山労働組合事務所の前を通りかかると、事務所側から戦車に向かって小銃のようなもので発砲があり、それに対し戦車の砲塔が九十度回転、労組事務所の窓に向けて砲弾を一発打ち込んだという。人が死傷したどうかは分からないとのこと。

大使館事務所に帰ると、ラジオ放送で、クーデター側がエルアルト国際空港を掌握し、閉鎖したと報じたが、クーデター側の要求は明らかにされていない。

空港は、ラパス市内よりさらに高い標高四一〇〇メートルの地点にあり、空港に客を迎えに行く時は、酸素ボンベを用意して行くが、五人に一人ぐらいは酸素吸入を必要とし、さらにラパス市内のホテルに到着後、頭が痛いと言って寝込んでしまう人もいるので、結局三人に一人ぐらいは高山病風になる。

三　ラパスでの生活

それまで外務省では、中南米課、ブラジル・ベレーン総領事館、中南米課、在ポルトガル大使館と、ポルトガル語で十五年間、仕事を続けてきたが、突然、初めてスペイン語圏のボリビア転勤を命ぜられた。

ボリビアの首都ラパスは、富士山の山頂より高く、酸素は平地の三分の二。家内はクラシックのオペラや歌曲を教えたりして、すこぶる元気なのだが、偏頭痛の持病があった。飛行機に乗ると、高度が上がって機内の気圧調整がわずかでもずれただけで、頭が割れそうに痛いと訴えて、頭を抱えてしまう。小学生の子供二人、幼稚園児一人のうち、一人が母親と同じ症状を訴えるので、ラパス市在住は無理と思い、単身で赴任することにした。

まず、スペイン語の勉強から始めた。ポルトガル語とスペイン語は、同じく俗ラテン語から十三世紀以降に発展した言語で、よく似ている。新聞の国際政治、経済記事などは、八割ぐらい理解できる。それでも〝利子〟とか〝ストライキ〟とか、まったく異なる語源から来る単語もある（ポ語 Juro／スペイン語 interes。ポ greve／西 huelga）。例えば、ラパスの市場に買物に行くと、日用品の名前が半分ぐらいは語源が違い、通じない。

大使館事務所では、毎朝三種類のスペイン語の日刊紙を読み、簡単なスペイン語で言い換えができるよう、ボリビアの中学生が使うイラスト入りのスペイン語＝スペイン語辞典を使った。

全体として似ていると、かえって混同しやすいので、以来ポルトガル語の雑誌、本は一切読まず、家にいる時は一人暮らしでもあり、スペイン語のラジオをつけっ放しにしておいた。

朝食は、ガスではなく酸素を使わない電熱器でコーヒーを沸かし、フライパンで卵二個が固まるまでの間にトマト一、二個を生かじり。

昼食は、ほとんど大使館事務所近くの中華料理店。主人は、日本でもコックをしていた中国人、夫人は日本人なので、半ば日本にいるような気分で、栄養は主としてこの店のお世話になった。

夕食は、ドイツ人のレストランか、住居と同じマンションの一階のクレープ屋で済ませていた。

土・日は、自宅で圧力釜で米を炊き、週一回事務所に売りに来る日本人から、トウフ、ナットウを買い、日本の缶詰を加えて、自分で料理（？）していた。土・日の楽しみは、日本の新聞が一週間分ずつまとまって、大使から参事官を経て、二週間遅れで回覧されてくるのを読むことだった。

ある夕方のこと、日本の企業が、電話のためのマイクロ・ウェーブ中継網設置の完成を祝って、市内の高級ホテルで立食のパーティーを開き、大使館員一同も招待された。

普段、大使から「立食パーティーでは、壁ぎわに椅子が並べてあっても、大使館員は座ってはならず、話し相手がなさそうな招待客を見つけて、積極的に話しかけるべし」としつけられていた。

一人の中年のスペイン系の顔立ちをした女性が、ぽつんと一人で椅子に座っていたので、「商売、商売」と、口の中で三回唱え、カクテルグラス片手に話しかけた。

日系企業に勤めていて、サンタクルス出身だという。

サンタクルス市は、ラパスからアンデス山脈を三〇〇〇メートルも下った東部平原の農業の中心地で、ブラジルと鉄道でつながり、郊外には、約三〇〇〇人の日本人移住者もいる所である。

「あなた、ブラジルにいたことがあるでしょ」と、スペイン語にポルトガル語が混じっていることを指摘され、それからはポルトガル語で気楽に話せた。サンタクルスは、ブラジルとの人の往来が盛んなようだ。

スペイン系の顔立ちとはいえ、目尻が少し下がった温かい感じの、ざっくばらんな話し方をする人で、唇とアゴの線が可愛い。背は低めで、小ぶとり。

ブラジルについての話がはずんだ。

私が、サンタクルスからラパスに来て、ラパスの人をどう思うか尋ねたところ、

「ラパスは、そもそも鉱山のためにできた町で、鉱山の山師たちは、自分で見つけた鉱脈や宝石を、ひた隠しにする秘密主義の人たちなので、腹の底で何を考えているか分からないわ」

とのこと。

一時間半ぐらいのパーティーの間、ほとんど一人の人とだけ話し続けていたので、大使の接客方針に反するかなと思いつつ、彼女をホテルの玄関まで見送った。

と、彼女は「ちょっと待って」と言って、どこかに姿を消した。

四、五分すると、女友達と称する色の浅黒い、やせた三十歳ぐらいの女性を連れてきて、

「この人とも友達になってね！」と言って、帰ってしまった。

その女性に、

「あの人は、日本人が嫌いなのかな？」と尋ねると、

「いや、あの人は、昔日本人と同棲していたことがあるのよ」とのこと。

「私なら、最後まで付き合うわよ」と言ったので、初めてこの人はセミプロなのだと悟った。あんなに親しそうに話していたのに、セミプロの女性を紹介するとは、と、馬鹿にされたような嫌な気分になり、セミプロの人を追い返した。

後日、ラパスの中心の広場で、ばったりサンタクルスの女性に出会ったので、

「この間は、あんなに楽しく話していたのに、変な友達を紹介するとは……私は傷ついたよ」と言うと、

「私は冷感症（フリーヒダ）なのよ」と言うので、

「僕は冷感症（フリーヒド）じゃないよ」と言うと、フッフッと笑いながら、中指を曲げた手のひらを横に動かす手つきで、さよならの合図をして去って行った。

サンパウロから、日本語新聞の記者が、ラパスにやって来た。最近の日本の対ボリビア経済・技術援助の急増を取材するとのこと。

ブラジルは、一人当たりの国民所得が増えて、先進国からの経済協力の対象にならなくなった。これに反しボリビアは、もともと鉱物資源が豊富な上、オバンド、トーレスと続いた軍人大統領の人気取りの左傾化のあと、一九七一年以降、バンセル大統領（軍人）が治安を回復し、健全な経済発展政策をとり、一九八〇年には総選挙を行って民政移管する

と宣言していたので、先進国側の援助の対象として、急に注目を浴びだした。

日本も、低地ベニ州の道路建設に対する経済協力基金からの融資、ビルビル国際空港建設の実現可能性調査などの経済協力のほか、ラパスでの消化器病センターに対する医師の派遣、機材供与、山岳鉄道改良の調査、初めての海外青年協力隊の派遣等、ＪＩＣＡ職員を一人大使館員として派遣し、技術協力の急増に対処していた。

取材のあと、その記者は私の顔を見て、

「あんたは何年か前、ブラジリアに日本の通産大臣が来て、共同記者会見が開かれた時、通訳した人ではないか？　なぜポルトガル語の専門家が、ボリビアにいるのか？　何かヘマをやったのか？」

と半ば挑発的に、あからさまな質問をされた。当方から、

「アマゾンのベレーンの総領事館に四年勤務したあと、本省の中南米課に帰り、次いで在ポルトガルの大使館に赴任したところ、一年余りして、皇太子殿下夫妻がブラジルを訪問されるので、その準備のためブラジリアに行けと言われた。

ポルトガル在勤一年余りなので、もう少し置いてほしい旨申し出たところ、それでは、ブラジリアに長期出張で手伝いに行けと言われた。海外に亡命した日本赤軍が反皇室闘争を宣言した直後だったので、円形脱毛症になったほど神経を使ったが、別にヘマも不正も

していない。

長期出張が終わるとすぐ、ボリビア勤務を命ぜられたが、ここでは仕事を受け継ぐ前任者もいないので、スペイン語の勉強をしている」

と答えておいた。

四　歴史上の人物

今回のクーデターが起きる少し前のことである。

ボリビアの近・現代史では最も有名な人物を、日本大使が公邸の夕食会に招待することになった。

一九五二年のボリビア民族革命の中心人物で、一九五二～五六年、一九六〇～六四年の二回にわたって大統領を務めたヴィクトール・パス・エステンソロである。

また、エステンソロの協力者で、一九五六～六〇年に大統領だったエルナン・シーレス・ソワッソも一緒に来ることになった。

当時、既に政治の表舞台から退いて十年以上経っていたとはいえ、両氏が影響力を残すMNR（国民革命運動）は、いまだ軍部と並んで、ボリビア政治のキープレーヤーである。

スペイン語が達者で、相手を安心させる日本大使個人の手腕といえよう。

大使公邸は、ラパス市のすり鉢状の地形の一画を削って、かつて流れ落ちていた川（氷河）の下流にある。ラパスでは、標高の低いほど高級住宅が並び、谷に沿って植林した林が点在する。大使公邸は、緑が珍しいラパスで、背丈より高い生け垣が邸全体を隠していて、別天地のようだ。

案内役を務めるため、玄関の外で待っていると、パス・エステンソロは、生け垣の陰から護衛も連れず、いきなり現れた。

背は高くはないが、太い黒縁の眼鏡をかけ、白髪の混じったもみあげを伸ばし、口をむすんで、まるで意志の固まりのようにしっかりした歩調で近づいてくる。

シーレス・ソワッソの方は、少し遅れて、車でにぎやかに登場した。ちょびひげを生やした面長な顔に微笑を絶やさず、大使と抱擁を交わしていた。

会食中は、ほとんどシーレスと大使の間のスペイン留学中の思い出話が中心だった。

パス・エステンソロは、楽しそうにしていたが口数は少なく、この歴史上の人物に会えた記念に、何かひとつ質問したいと思ったが、スペイン語を自在に操る大使の前で、気後れして、なかなか切り出せなかった。

パスは、ボリビア最大の鉱山労働組合の顧問弁護士出身で、決定的瞬間には、強烈なアジ演説を打ったと聞いたが、その面影はうかがえず、冷静、沈着な感じだった。

一九五二年の選挙で、パスは大統領に選出されたにもかかわらず、当時の大統領と軍の主流派に就任を阻止され、シーレス・ソワッソが、当時の陸軍大臣と手を組んで、軍の出動を抑えつつ、その間に鉱山労働者たちが、ダイナマイトを腹に巻いて山を下り、パスを大統領に就任させた。これが一九五二年のMNR政権誕生の舞台裏である。

パスが戦略家で、シーレス・ソワッソは戦術家といえよう。

そのあとは、国有化した三大錫《すず》鉱山・財閥側のボイコット、労組のストの連続、国際錫価格の下落、農地改革の断行による共闘していたFSB党（都市の中産階級基盤）の離反などで、ついには史上最大のインフレを引き起こして、庶民の支持を失い、大きな改革の後の経済運営の難しさを味わうことになる。

パス、あるいは、シーレス・ソワッソに質問したかったことは、MNRが、一九五二年以前から、軍部の中にどのようにしてMNRの細胞（シンパ）をつくれたか？　どのような軍人をリクルートしたか？　だったが、生々しすぎる質問と思い、切り出せなかった。

質問したのは、パスに、最近のボリビアの対ブラジル関係と対アルゼンティン関係の比較についてであった。パスは、二度大統領を務めた中間の時期に、駐英大使だったこともあったからである。

パスの答えは、

「以前は、アルゼンティンとブラジルを秤《はかり》にかけて対応することができたが、近年はブラジルの経済力が急進して比重が増し、対応できる幅が縮まった」

というものであった。

五　ボリビアの国難《こくなん》

ボリビアの二〇〇回近くのクーデター・政変の原因を説明するのは難しい。国内に、対立する要因が多すぎるからである。

スペイン人のアンデス高原侵入開始の六年後、一五四五年、現在のボリビアの南部高原に、世界最大級のポトシの銀山が発見された。全国から先住民が集められ、過酷な労働環境の下で、半奴隷的労働力として使われたことから、暴動が頻発する。

一六六一年、ラパスにおける暴動・植民地官僚の殺害。一七三〇年、コチャバンバにおける増税反対の混血児をリーダーとする暴動。一七八〇年、インカの復権運動の最大のものとして、八万人のインカ族がラパス市を包囲したトウパック・カタリの叛乱など……。

この叛乱を鎮圧するためには、スペインから七〇〇〇人の兵を増派しなければならなかった。軍事力の強化に伴い、軍人の発言力も高まった。

スペイン王室の財政を支えていた銀の鉱脈が尽きかけると、当初、銀の副産物として軽視されていた錫の国際価格の急上昇に乗じ、近代資本による錫精錬が始まり、ボリビアの三大錫鉱業財閥が出現する。錫の輸出額は、総輸出額の八割を占め、錫鉱山会社の国内政治への発言力も高まった。

他方、十九世紀初頭には、スクレ市（現在ボリビアの最高裁判所が置かれている）のハビエル大学から、思想的な植民地独立の啓発活動が活発になり、鉱山労働者の組織化も始まる。一八二五年、独立。

一八七九年、ボリビア議会が、太平洋沿岸地帯からの硝石《しょうせき》の輸出に課税することを決めたことに、同地帯に所在するチリ資本の硝石会社が反発し、八〇〇〇人のチリ人が、当時ボリビア領土だった地域に侵入したことから、ボリビアとチリは、戦争状態に入った。チリ側の一万三〇〇〇の兵力に対し、ボリビア側は四〇〇〇。ペルーからの援軍六〇〇〇を加え対抗するが、相次ぐ敗戦により、太平洋に面する領土をすべて失い、以来ボリビアは、海への出口を持たない内陸国となってしまった。

一九〇三年には、アマゾン上流の天然ゴム採取地帯に、ボリビア人より多いブラジル人が入り込み、ボリビア当局とたびたび衝突したため、ボリビア政府は、金貨二〇〇万ポンドと引き換えに、この地帯をブラジルに譲渡しなければならなかった。

さらに、天然ガス・石油が一部で産出し始めていた東南部低地のチャコ平原には、独裁者の下、富国強兵策を推進していたパラグァイと同時に、ボリビアも進出中で、その前線が一九三二年に衝突。アンデス山脈から灼熱《しゃくねつ》の平野に下って戦った訓練不足のボリビア兵は敗戦を重ね、結局五万余の死者を出して、一九三八年に休戦。チャコ地方の大部分を、パラグァイに割譲する結末となった。

ボリビアは、一八二五年の独立時には二五〇万平方キロメートルの領土を有していたが、これらの戦争により、一五〇万平方キロメートルを失う結果となった。その上、多くのハンディキャップを持つ海への出口を持たない内陸国にもなったのである。

ボリビアは、鉱山開発の拠点から国が形成されたため、現在でも国民の半数以上を占める先住民は、鉱山労働者として、あるいは鉱山に食料を供給する農園の農奴としての生活を強いられた先祖の怨念を、その言語文化を保持することで引き継いでいる。

これにスペイン語のほか、先祖の言葉も解する大きな混血集団約三十パーセントがおり、スペイン語だけを使う白人は十二〜十三パーセントと、複雑な人種構成を持つ、内部に常に緊張・対立を抱える国である。

さらに、錫鉱山会社など、世界市場と直接結びついた一部の産業界では、海外の最新の思想・運動が流入し、組織化された労働組合の活動が、政治化、急進化しがちになる。

内から外へ目を転ずれば、ボリビアは、ブラジル、アルゼンティン、ペルー、チリー、パラグァイと五つの国と国境を接し、その対応が難しい。

国内の矛盾の解決を、対外拡張に求めると、国境紛争に敗れ、それが国内に、はね返る。パラグァイは、面積、人口ではボリビアの半分ぐらいの規模の国であるが、陸軍の兵力では約一・五倍、伝統的に独裁者の下、兵士はほとんどグアラニー族だけで、統制がとれているのに対し、ボリビアの軍部は、さまざまな思想グループに分裂している。

ただ、ボリビア側は、パラグァイ戦争後のチャコ平原分割交渉で、アルゼンティンがあからさまにパラグァイを支援して、ボリビアに不当な圧力をかけたと非難してきた。チャコ平原で石油を採掘していたスタンダード・オイル社は、その石油をアルゼンティンに供給していたのが、その理由であると主張した。

一九三二～三八年のパラグァイ（チャコ）戦争の国内へのはね返りは、深刻であった。従来の支配体制に挑戦する綱領を持った政党の誕生である。MNR（国民革命運動）、FSB（ボリビア社会主義者結社）、PIR（左派革命党＝モスクワ派）である。

MNRとFSBは、政党（partido）という閉鎖的な組織を表す語を避け、開かれた、より幅広い大衆動員、連合を目指して、Movimento（国民運動）とか、Falange（政治結社）という名称を使っていた。

これら三つの政党は、その後のボリビアの政治において主要な役割を果たし、一九五二年の民族革命に続く環境を準備することになる。

パラグァイ（チャコ）戦争の、直接的で最大の衝撃は、チャコ戦争から帰還した将兵、特に若手将校たちが、それまでの支配体制を否定し、自ら変革を主導する行動に出たことである。

チャコ戦争帰還兵士団団長のヘルマン・ボッシュ中佐は、ペニャランダ将軍と組み、当時の大統領トーロ将軍を辞任に追い込み、一九三八年六月には、自らが大統領に就任。社会主義革命を目指す旨、宣言した。労働法一般、教育基本法、累進課税法、一定率の留保が認められていた鉱山会社取得の外貨の全額中央銀行集中、等々。

アルゼンティンおよびブラジルとは、それぞれ国境地帯の連絡鉄道建設協定を締結。

ボッシュ大統領は、一九三九年八月、謎の自殺を遂げ、元の相棒ペニャランダ将軍が大統領に就任。

ペニャランダ政権は、第二次大戦中、連合国側に加担し、戦略物資を供給し、スタンダード・オイル社には賠償金として、一七五万ドルを支払った。

これに対し、一九四三年、チャコ戦争からの帰還兵団体RAPEPA（祖国のために）のヴィリャロエル少佐は、ペニャランダを「大資本に奉仕するだけの政権」と批判し、パス・エステンソロと組み、ペニャランダを追放した。反対派は、ヴィリャロエルを「ラテンアメリカの結束を乱すだけの国粋主義者」と非難し、エステンソロも手を引いた。

RIP（左派革命党＝モスクワ派）は、若手将校の別のグループと手を組んで、ヴィリャロエルを縛り首にする。

パラグァイ戦争は、多くのクーデター・政変をもたらし、一九五二年の民族革命に収斂《れん》する。

ただ、今回のクーデターが起きたことからも分かるように、一九五二年の一連の変革は、ボリビア政情の長期的安定にはつながらなかった。

前の年の大使公邸での天皇誕生日祝賀の時、招待客の中に、日系人の女性と結婚した元ボリビア軍将校がいると聞いて、探し回った。

色白で小柄な五十歳ぐらいに見える人で、姿勢が良いという以外、元軍人という雰囲気はなかった。今は日系企業のエンジニアをしているという。

一九五二年のＭＮＲ革命の時の恐怖を、次のように語った。

「当時、エルアルト空港警備小隊の指揮をとっていたが、出動命令を待っていると、鉱山労働者が、鉱山で使うダイナマイトをベルトに挿して続々と集まりだし、そのうちの一人が突然ダイナマイトを一発爆発させた。

兵士たちは驚いて、我先に山の斜面の道のない所を駆け下りて逃げ出し、自分も手のほどこしようがなく、後を追って逃げた。

その後も、ラパスの町にはとどまらず、ひたすら逃げて身を隠し、ついにブラジルに密入国、数年ブラジルで働いていた」とのこと。

正規軍が解体された後、新しい軍の再編成、職能集団化（プロフェッショナリゼーション）は、どの程度進んでいるのか尋ねたが、もう二十年も前のことで、今の軍の中に友人はいないので、内情は分からない由。

ＭＮＲは、四年に一度の大統領選挙に、三回連続して勝利したものの、パス・エステンソロの二度目の政権は、うまく機能しなかった。同じＭＮＲ内でも、パスの再選に反対するアルセの率いる一派や、ＭＮＲ左派レチンの離脱。連日のように続く鉱山労働者、大学生のデモ。鉱山労働者の五人に一人は、組合活動専従と称して働かないなどの弊害が出る。

混乱を収拾できるのは軍部だけという声が高まる中で、パス・エステンソロは、米国大使の仲介でＵＳＡ各地を歴訪。ケネディ大統領の支持も得て、軍部の政治介入反対の国際世論を盛り上げようとする。軍事クーデターが起きた場合、ボリビア国有鉱山会社の錫不買運動を呼び掛ける。

他方、一九五二年革命の際、相当数の武器を入手した民兵＝自警団（ミリシア）を、正規軍をけん制する組織として合法化する法案を準備。

この措置が、職業軍人の危機感を刺激して団結させ、ＭＮＲの副大統領だったバリエントス将軍（空軍）と、陸軍のボス、オバンド将軍が手を組み、パス・エステンソロを追放。

また、この時、約一五〇名の労働組合指導者が、アルゼンティンに亡命した。

オバンド将軍も、バリエントス空将も、元MNRの軍部内細胞（シンパ）だったため、一九五二年革命の目標は引き続き掲げられ、政情が安定次第、選挙を実施すると公表していた。


しかし、バリエントスは、実質上分解していたMNR内の保守派の派閥を糾合し、さらに精力的に地方を巡回して公共事業を促進、従来政治プロセスから疎外されていた農民の人気を集め、選挙に打って出て当選、大統領となった。バリエントスはケチュア語を話せた。


バリエントスは、約三年間、錫の国際価格の高騰などに助けられ、好景気を維持したが、地方視察の際、搭乗したヘリコプターが送電線に触れて墜落、焼死した。

このバリエントス政権の間、チェ・ゲバラが、人口稀薄な東南部地方で、五十名足らずの人員を率いゲリラ活動を行ったが、数ヶ月で捕らえられ、一九六七年に殺害された。

ボリビア正規軍の再生は、一九六四年頃までには完了したと見るべきであろう。

米国の対ボリビア援助は、一方ではパス・エステンソロを、米国大使の紹介でケネディ大統領に引き合わせたりして、軍部の政治不介入、職能集団化を目標としながら、他方では対ゲリラ戦、治安維持を目的とする要員訓練・機材供与に重点を置いてきた。このためボリビアの若手将校の間では、政治的な危機の際には、自分たちが中心的な役割を果たすべきだという使命感を持ったバリエントスのような技術官僚風の軍人を生み出しているといえよう。

バリエントスの突然の死により、副大統領のシーレス・サリナスが残りの任期を務めるが、結局、軍の後ろ盾により、オバンド将軍が大統領に就任。

オバンドは、石油探査に外資の参加（リスク契約）を認めたバリエントスの開発優先策を取り消したり、ガルフオイルの天然ガス開発会社を国有化したり、人気取りの総花的政策を掲げて行き詰まり、労働組合を抑えるため、左派のレチンに頼ることになる。

それまで、レチンと真っ向から対立してきたバンセル大佐の一派は、政権打倒のためサンタクルスで挙兵、コチャバンバ、さらにラパスに波及し、一九七一年、バンセルが権力を握った。

バンセル政権は、経済の好調、外国からの援助の急増もあって、MNRもFSBも、当面はバンセルに任せるしかないと判断し、国有企業等の要職を両党で山分けして、表面的にはこの七年間、安定を保ってきた。

その中での、今回のクーデター騒ぎである。

六　子供三人がやって来る

これも、今回のクーデターより前の出来事であるが、ある日、大使からお呼びがかかった。

ひょっとしたら転勤もあり得るかと期待して、大使室への階段を二段ずつ上ると、標高三八〇〇メートルにいることを忘れたため、急に心臓がドキドキして、上半身を折り曲げて息継ぎをするはめに……。

大使の話は、家内をボリビアに呼び寄せないか、という問いから始まり、私が「無理だと思います」と答えると、海外在勤中は家族同伴が原則なので、一度子供だけでも呼び寄せて、試してみてはどうか。在勤中、家族の一回限りの往復の航空運賃は、役所から出るとのことであった。

話はトントン拍手に進み、夏休みを利用して、子供三人がやって来ることになった。

上の女の子が、小学校ではリレーの選手だったが、家内と同じ体質なので、多分高山病になると思い、あらかじめ近くの医院に、深夜でも手当てしてもらえるよう話をつけておいた。

在リオデジャネイロの日本総領事館に、在ベレーン総領事館勤務時代の同僚がいたので、その人に空港まで出迎えてもらい、そのお宅に二日ほど泊めてもらって、ラパス行きの航空機に乗せてもらうことになった。


ラパスの空港では「走ったらダメ！　苦しくなるから」と声をかけたが、三人とも走って、次々にとびついて来た。

マンションのキングサイズのベッドで、右脇に一番上の男の子、左脇に上の女の子、三番目は、両脚にはさんで寝たが、三人ともはしゃいで、なかなか眠らない。夢の中の出来事のようだった。

深夜、上の女の子が「お腹がドカーンと痛いよう！」と訴えたので、予定していた医院まで、石だたみの道をおんぶして行った。注射してもらって一時間ぐらいで治まったが、外に出るとアラレが降っていた。ラパスは南緯十六度なのだが、高山なので、雨ではなく、夜、時々ひょうやアラレが降るのである。

翌日は、子供三人を連れ、大使館事務所の近くの中華料理店に行き、

「何か消化の良いものを頼みます」と、日本人の奥さんに頼むと、「お子さんが三人もいるとは、知らなかったわ……」と言って、ちょっと固まっていたが、消化の良い中華がゆを準備してくれた。

同じ年頃のお子さんがいる参事官の自宅にも呼んでもらった。

四、五日すると、顔色が悪かった三人とも元気になったので、週末にチチカカ湖に、ランドクルーザーを運転して連れて行く。

一時間半ぐらいかかってチチカカ湖畔に着く途中、観光客の車がよく通る街道の曲がり角ごとに、先住民の子供が二、三人飛び出してくるのには弱った。物乞いか、土産品にもならない物を売りつけようとする子供たちだが、「車、とめなくていいの？」と尋ねる日本からの子供たちに、どう説明していいのか迷った。

チチカカ湖には、ポルトガル在勤中に買った四、五人乗りのがっちりしたゴムボートを車に載せて行き、湖畔で空気を入れていると、向こう岸の浮き島のような所に先住民の家が数軒あり、人が中から出てきて、こちらの一挙手一投足を追う視線が鋭い。

湖のこの部分が、彼らにとって何か神聖な場所かと思い、ゴムボートの空気を抜いて、急遽立ち去ることにする。子供たちが「どうして？　どうして？」と、空気を抜くのを不

審がるので、

「水が冷たすぎるから、ボートがひっくり返ると大変だ」と言って立ち去った。

帰りは、先住民の人たちが鈴なりにぶら下がっている古いバスが、舗装されていない道で、ものすごいほこりを立ててゆっくり走っていたので、追い抜こうとすると、バスも急にスピードを上げ、追い抜かれまいとする。対向車が見えないほどのほこりで危険だったので、思い切って追い抜くと、子供たちは「やった！　やった！」と叫んだが、バスは警笛をやたら鳴らして、しばらくの間、追いかけてきた。

誇り高い先住民である。例えば、ラパスの街の露天商も、観光客が商品をいろいろ触った上、買わないと、おおっぴらにののしることが多い。

夏休みの宿題の残りを気にしつつ、にぎやかに子供たちは帰って行った。帰路は、ペルーのリマから、乗り換えなしの航空便が東京まで通っていたので、空路一時間半のリマまで、子供たちを送って行った。

リマの空港で、東京行きの航空機に乗り込む間際、一番下の女の子が、私の背広のすそを小さな手でしっかりつかみ、

「パパ、もうおうちに帰ろう」と言って、放そうとしない。

スチュワーデスの人が、ていねいに指を一本一本ふりほどいて抱っこして、タラップに向かった時、幼い子なのに、抑えた声で、ひーひー泣いていた。

七　青年海外協力隊員に貸した車の事故

ボリビアに転勤になって間もない頃、ボリビアでは初めての日本からの青年海外協力隊の派遣が始まった。

第一回目は、三人の大学院生で、チェロの男子一名、フルートの女性一名、言語学（アンデス先住民の言語教育）の男子一名であった。

青年海外協力隊員というと、農業技術指導とか、スポーツ指導とか、陽に焼けた、たくましい青年という先入感があったが、三人とも二十歳代中頃の都会的な青年たちだった。

音大出の楽器奏者は、ラパスの音楽専門学校で教えるほか、近くの小・中学校を巡回して、生の演奏を聞かせるのが主な任務。

先住民の言語教育の大学院生は、フィールド調査が主目的のようだった。

大使館員の場合、ラパス勤務が満一年を過ぎ、次の一年間に転勤が予想されない場合、超高地から近隣の低地・海岸に二週間滞在し、健康チェックを受ける制度があった。以前から、この制度は、マラリア予防薬を常用するアフリカ僻地勤務者に適用されていたが、中南米では初めて、ラパス勤務者に適用されることになった。

この制度の適用を私が受け、二週間ラパスを留守にすることを、大使館員の誰がしゃべったのか知らないが、ある日、言語学の院生が楽器奏者の二人を伴って大使館に現れ、私の自家用の四輪駆動車を、その間貸してくれと言ってきた。

私としては、輸入して間もない新車だし、大型車の運転経験もなさそうな若者だったので、断ろうとした。

しかし、自分の足で出歩きにくい高地のラパスでは、ドライブぐらいしか楽しみはないし、また、音大出の二人は恋人同士らしく見えたのに対し、言語学の院生は孤立して見えたので断りにくかった。

一応、大型車のタイヤを自分で交換したことがあるか尋ねたところ、トラックのタイヤは交換したことがあるという。

石だたみの路は、ぬれると、特に下り坂では、ブレーキを踏みながら重いハンドルを切るとスリップしやすいので、先にスピードを落としてから、軽くアクセルを踏みながらハンドルを切るよう念を押して、貸すことにした。

青年海外協力隊には、専用の車はなかった。

健康チェックから帰国すると、大使館の現地職員の人から、私の貸した車が、下り坂で右折しようとして、はみ出し、曲がり角近くの道端に駐車していた乗用車に左バンパーを引っかけたと聞かされた。保険に入っているので、職員の人が保険会社にかけ合って、相手の車を修理させるとのこと。協力隊員からは、私の車のバンパーを修理させたとの電話があった。

数日後、保険会社の人が、私に会いたいと大使館に現れた。

保険会社の男の話によると、損害を与えた相手の車は〝密輸車〟で、保険会社としては、そのような〝違法に登録された車〟には、賠償金を支出できないという。

当方から、保険契約の中に、そのような条項が明示されていたか否か、〝違法に登録された〟と言うが、どのようにして、そのような登録が可能なのか？　例えば、ナンバープレートを盗んで付けても、当局には登録できないのではないか？　と質問すると、あの車は、ある軍人が密輸入して、軍にあらかじめ割り当てられた軍属のナンバーを付けているとのことであった。

当方から、軍属のナンバーを付けている以上、それなりにボリビアの法律にのっとって登録された車といえないか？　と反論すると、保険会社としては、賠償金を支払う時、密輸入車だと金額の査定もできないとのこと。

当方としては、損害を与えたのは確かだし、相当高い保険料も支払っているので、名目は何でもいいから、保険会社から見舞金のようなものは出せないかと尋ねると、会社に帰って検討するが、難しいと思う、とのこと。

その後一度、密輸入したらしい軍人の代理人が、私の留守中に大使館に訪ねて来たと、あとで聞かされた。


そのあと、ラパスの中心街を走っていた時、空色のセダン（多分東欧製）が、並走しながら、中年の男が窓からこぶしを突き出して何か叫んだあと、追い越して前に回り、わざとブレーキを二、三度かけたので、こちらは右折して争うのを避けた。同じことが二回起きた。

外交団の車は、ボリビアの場合、白地に赤い色のナンバープレートなので目立ちやすい。外交団のナンバープレートを付けているのは、圧倒的にベンツ車が多く、トヨタ・ランドクルーザーに外交団ナンバーを付けていたのは私だけであった。

あの空色の小型車を運転しながら、私をののしった（それも二回も）男は、自分が密輸入した車が、ランドクルーザーにぶつけられた軍人に間違いないと思う。

八　アンデスの銃声

エルアルト空港が閉鎖されて四日目になるが、クーデターの目的も、今後の見通しもはっきりしない。

新聞、ラジオも検閲があるのか、どの軍管区が今回のクーデターを支持しているのか、軍の大勢はどうなのか報道しない。

町の噂によれば、今まで北部軍管区の司令官だった定年間近の将軍が、首都ラパスの軍管区司令官に任命されたのをきっかけに、軍部内人事に対するこれまでの政治家の介入に不満を爆発させて、最後の花を咲かせようと、打って出たのではないかという。

事件の渦中にいると、全体像が見えにくく、少し離れた傍観者の見方が、的を射ることが多いのかもしれない。

ラジオでは、連日のように、「ラパスの××街に、沿道の建物の上から通行人に向かって発砲する者が出たので、その通りを通らぬように」と注意を呼びかけている。

狙撃者が出た通りの名前も十ヶ所以上出てくる。医療協力で、日本から派遣された医師の住んでいる通りの名前も出てきたので、心配になる。

私自身、住んでいたマンションの隣のビルの窓に弾丸が飛んできて、窓ガラスが割れた跡を見たが、狙撃者が出たと報じられた区域とは離れているので、谷間の上の方の通りからの流れ弾かもしれない。


乾燥した谷間の遠い銃声は、軽い山彦のような響きを残して消えて行くので、それほどの緊迫感はない。

ただ、目標もなく通行人に向かって発砲するとは、何に対する怒りなのだろうか？

いわゆるミリシア（自警団）のクーデター部隊に対する怒りだけではないようだ。

街の中のところどころで発砲騒ぎがあるとは、いたるところに怒りやいらだちが満ちているのであろう。

ボリビアという分断された国の中の、さまざまな対立の渦潮から流れ出た多数の銃器の乾いた銃声が、ラパスの不毛の谷間にこだましている。

九　クーデターで足留めをくった旅行者を出国させるための打ち合わせ会

エルアルト空港が閉鎖されているため、ラパス市内のホテルには、多くの観光旅行者、ビジネスマンが足留めをくっていた。

日本人は、七名のビジネスマンが出国できないでいた。

ドイツ大使から、足留めされている各国の旅行者、ビジネスマンをまとめて、特別便を仕立て、閉鎖された空港から飛び立てるよう、クーデター側と交渉するための打ち合わせ会を開きたいとの連絡があった。

日本大使館からは、特に決まった担当のない私が出席するよう大使に命ぜられる。それまでの三年間は、一九七四年のポルトガルのクーデター後の混乱した政情、皇太子殿下夫妻のブラジル訪問に備えた警備体制の準備のためのブラジリアへの長期出張と、はからずもきなくさい仕事が続いたので、その延長と割り切ることにした。

ドイツ大使公邸は、ラパス市内より標高の低い、より安全な場所にあり、イギリス大使、フランス領事、イタリア領事ほか二、三人が出席し、ドイツ大使が司会して、英語で始まった。

それぞれの国の足留めをくっている旅行者、ビジネスマンの数は、判明しただけでも、ドイツ約三十名、イギリス十数名、日本七名、イタリア七名、フランス五名などであった。
ドイツ大使は、縁なし眼鏡の奥で、いつもいらいらしているような目を光らせている、髪の薄い中背の人だった。アメリカ映画に出てくる初老のナチスの高級将校を連想してしまう。

いきなりドイツ大使は、各国政府は、今回のクーデター政権をいつ承認するつもりか、と切り出した。

イギリス大使は、「本国政府に意見具申中だが、いつになるか分からない」と答えた。
ドイツ大使が、アゴをしゃくって私の方を見るので、「まだ分かりません」と答える。
出席者の中で一番ランクが低いのは、二等書記官の私だったので、めんくらった。

例えば、外国の大使館の二等書記官が、相手国政府の責任者に面談を申し入れると、応対するのは、普通担当官か課長どまり。参事官か一等書記官の場合は、部・局長。大使だと、大臣、次官が応対する慣習がある。

あるいは、ボリビアに対する日本からの経済・技術協力が近年急増したため、日本政府の態度を先に知りたかったためかもしれない。

それにしても、クーデター政権の承認時期を、いきなり持ち出したのは、閉鎖された空港から特別便を飛ばす交渉をクーデター側とする上で、政権の承認時期が切り札になるかららであろうか？

クーデター政権の承認時期など、事前に簡単に口外できない問題なので、イギリス大使を横目で見ると、やはり不審そうな顔をしていた。何となく、ドイツ大使は、クーデター側を支援しているような気がした。

次に、ドイツ大使は、

「ＵＳＡは、現在一〇〇名を超す観光団がラパスのホテルに缶詰になっており、その観光団を率いているのが米国の上院議員なので、米国大使はやっきになって、単独でクーデター側と交渉している。アメリカ人観光客だけを乗せた特別便を、一日でも早く飛び立たせるつもりだ」との説明があった。

一〇〇名を超すアメリカ人観光団がラパスに来るという新聞記事は、読んだことがあったが、それ以上の情報は初耳で、これは米大使館の動きをフォローしないと置いて行かれると思った。

ラパスの日本大使館は、米国の大使館とは交流がなかった。ポルトガルに勤務していた時は、子供をアメリカンスクールに入れ、ＰＴＡの役員をさせられたのを機会に、米国の大使館の人たちと日本人駐在員の人たちとの間のソフトボールの試合をアレンジしたり、妻は日・米のコーラスグループを作ったりして、交流を広げていた。やはり米国大使館は陣容が桁違いで、特にクーデターなど軍事関連の情報には、日本側はほとんどアクセスがないので、参考になる話が聞けることがあった。

今回のドイツ大使との打ち合わせ会では、クーデター側がアメリカ人観光客に特別便を出すのを認めるのなら、この機会をとらえ、同時に独、英、日、伊、仏のためにも、もう一便認めるよう、ドイツ大使に交渉を一任することになった。

その後もドイツ大使は、各国がクーデター政権を承認することが決まったら、内々でも、すぐ自分に知らせてくれと念を押していた。

もしかしたら、クーデターを起こした将軍は、ドイツ系移民の子孫かもしれないと、ふと思った。

コーヒー・ブレイクの際、テラスに出て外を眺めていると、英国大使が隣に来て、私のつぶれた耳を見て、

「その耳は柔道か？」と尋ねてきた。

「いや、ラグビーです」と答えると、

「私はオックスフォードで、一マイルのランナーだった」という。

「今、標高三八〇〇メートルで走れますか?」と尋ねると、

「今は歩いている。イリマニ山を見ながらね」とのこと。

「私の住んでいるフラットから、イリマニ山（六四〇〇メートル）を毎朝眺めているので、いつか登りたいと思ってます。日本から登山靴、アイゼン、ピッケルは持ってきているので……」と会話がはずんだので、

「今度のクーデターの首謀者は、北部軍管区司令官から、最近ラパスの首都司令官に転勤したばかりのようですね。それでは首都の三連隊のうち、一連隊ぐらいしか自分の意のままにならないのではないですか? すると一日三交代で、いつまで兵士はもちますかね?」

と持ちかけると、

「うーん、大使館の専門家に聞いてみるよ」とのことだった。

この英国大使は、五十歳代・細身のダンディーで、パーティーに呼ばれると、胸にバラの花を挿したりして出席するので、ラパスの外交団の女性の人気を集めていると聞いた。

確かに、この大使の着ていたジャケットの紺色は、独特の深い色で、何十万円もするのかなあと思った。

十　特別便の出発前

思ったより早く、特別便が週末には飛び立つことになった。クーデター政権を承認した国があるというニュースもなかったので、ドイツ大使が奮闘したようだ。

特別便が飛び立つ朝、日本人会会長のK氏から、私に電話があった。今日は危険だから、出発するのは見送ったらどうか、というのであった。

K氏はペルーを経て、ボリビアに移住して四十年、ボリビア人と結婚して、日系企業から独立、輸出入業を営んでいる。K氏の邸宅は、空港へ上って行く道路が見渡せる位置にあった。

同氏の話によると、早朝から軍のヘリコプターが、空港への道路に沿って、低空飛行で行ったり来たり、ホヴァリングしたりしていた。そのヘリコプターに向かって、先住民の住居から発砲があったため、その周辺は、ヘリから徹底的に機銃掃射を受け、道路上にも、薬きょうや、その他の破片がまだ散乱しているという。今後、これで収まるかどうか疑わしいとの趣旨であった。

日本人会会長のＫ氏は、私が十七年前外務省に入った年、ラパスに日本・ボリビア文化会館を建設するための補助金（建設費の半額）を、日本政府に陳情するため来日し、連日のように中南米課に、副会長のＩ氏と共にやって来ていた。課長が出勤してくるのを待っている間、庶務班の女性が出産のため休んでいたので、一番若い私が、毎回緑茶をいれて雑談していた時からの知り合いである。

　親切心から、忠告してくれていると感じた。

　ただ、この機会を逃すと、ビジネスマンの人たちがいつラパスを発《た》てるか、はっきりした見通しは立てられなかった。

　また、日本人の乗客だけが全員キャンセルすると、他の国の乗客に不安を与え、なだれ的にキャンセルが増えるのではないかという懸念もあった。

　そこで、以上のことを大使に報告した上、日本人ビジネスマンには、Ｋ氏の電話の内容をそのまま伝え、搭乗をキャンセルしたい人はキャンセル、この機会にラパスを脱出したい人はチャーター便に乗る選択を、各人がするよう提案した。

　その際、今のところ他の国の乗客がキャンセルする動きはないことと、私個人の予測としては、今回のクーデターは一週間はもたないのではないか、時間に余裕のある人は、一週間ぐらい出発を延ばすのも手ではないかという説明をつけ加えた。

その結果、七人のうち一人だけがキャンセルすることを選んだ。

ちょうどその時、S参事官が、日本人ビジネスマンを見送るといって、ホテル前の広場にやって来た。

と、コオロギが眼鏡をかけたような風貌のビジネスマンが、参事官に向かって、

「相当危険な状況で、我々六人は特別便に乗ると決めたので、参事官も飛行場まで同行してくれませんか？」と言い出した。

「私が飛行場までお伴するので、それでいいでしょう」と私が言うと、

「不安だから、参事官に飛行場まで同行してもらいたいんです」と主張する。

参事官が同行したからといって、安全度が高まることもあるまいと思った。多分このビジネスマンは、私がボリビアに永住している現地雇いで、後から何か起こった場合、日本から派遣されている参事官と行動を共にした形にしておいた方が、日本の本社に対し、申し開きが立つのかな、と思った。

S参事官は、私に「君はどう思う」と尋ねたので、

「参事官が同行するか否か、大使に伺ったらどうです」と答えた。

二人だけになって参事官に、

「参事官は、ラパスに家族がいるので、飛行場に行ったと聞いたら心配するでしょうし、万一、我々二人に何かあったら、ラパスの日本大使館は本省から派遣されている五人のうち二人を失い、機能が半減してしまうのではないですか」と言い添えた。

参事官は、大使に電話して来ると言って一度去ったが、戻ってくると、大使の諒承をとったとのこと。

参事官は、外務省には珍しいタイプの熱血漢で、頼られると、いやとは言えない性格のようだ。ゴルフが抜群にうまく、空手の有段者で、自分の背丈より高い所をとび蹴りする形をしたところを見たこともある。

ただ、六人のビジネスマンを送るのに二人も付き添いが付くとは……ほかの国は、見送る大使館員は皆一人なのに。

アメリカの観光客たちの午前の出発が手間取って、我々後発組のラパス出発も三時間ほど遅れ、夕暮れ近くになった。

先頭に戦車一台、十名ぐらいの兵士を乗せたトラックが、車列の前と後ろにそれぞれ一台、あいだに特別便搭乗者のバス二台、見送りの大使館員の車五台。

ランドクルーザーに参事官を乗せ、戦車の速度に合わせて、のろのろと進む。

Ｋ日本人会長の電話のとおり、空港への道路には、こぶし大の石がところどころ散乱していた。金網で仕切られた自動車専用道路なので、沿道の住民が投げ入れたものであろう。夕暮れの空を見上げると、西部劇でも真似たのか、稜線に兵士が銃を持って、一人一人等間隔で立っているシルエットが浮かんでいた。なるべく兵士の数を多く見せ、クーデター側が、外国人旅行者を守ろうとしている決意を示そうとしたのであろう。

十一　特別便出発の空港

特別便以外の乗客はいないのに、空港はごった返していた。

日本とドイツは、搭乗者の氏名、パスポート番号、既に所有している航空券の番号を表にして、コピーも何枚か用意して行ったが、それ以外の国の大使館は用意がなく、航空会社の二名しか出ていなかった男性職員をつかまえて、乗客リストを作らせたり、コピー機が動かなかったりと、てんやわんやであった。

ドイツ大使は、さすがに運転手兼ボディーガード二名を連れて、もたついている他国の大使館員をにらんでいたが、イギリス大使は、空港には姿を見せなかった。

代わりに、イギリス領事が来ていた。このイギリス領事には、何回か顔を合わせたことがあったが、イギリス人には珍しく、巧みなスペイン語を話していた。聞けば、ロンドン大学を出ているとのこと。

　空港に姿を現さないイギリス大使のことを聞くと、

「オックスフォード大学やケンブリッジ大学出は、支配階級の子弟で、それほど優秀でない子弟は同じ寮に入れ、ラグビーやボートの選手として体を鍛え、軍や警察、外務省に入ると、あとはコネで出世する」と言う。

「ところで君は、イリマニ山に登るつもりと大使から聞いたが、馬に乗れるのか？」

　と尋ねられた。

「馬には乗ったことがない」と答えると、

「君のバックグラウンドは何か？」と聞かれる。

「バックグラウンドとは、具体的に何を指すのか」と反問すると、

「三代前までの親の職業のことだ」と言う。

「イギリスには、あまり高い山はないので、登山といえば、ヨーロッパアルプスなどに遠征する金持ちの趣味だ。また馬に乗れるということは、中産階級ではなく、上流階級に属することを意味する」由。

「日本では、登山は普通の趣味で、私は金持ちではない。イリマニ山には、三日から四日

で登れると新聞の一行広告でガイドをする山岳ガイドのオファーが掲載されていた」

と説明し、

「領事のバックグラウンドはどうか？」と反問すると、

「ロンドン大学は、郵便局員の子弟とか、小学校の教師の子弟とか、皆、中産階級の子弟で、コネがない者の競争社会だ」とのこと。

空港で、一時間ぐらいもたついている間、日本のビジネスマンたちは、参事官を囲んで、声高に、うれしそうに話をしていた。


ふと空港の建物の外に出てみると、我々を護衛してきたクーデター側の戦車や、兵士たちの姿がない！

その場にいた正体不明の、イヤホーンをつけてアメリカ英語で何か通信していた太った男に尋ねると、

「戦い《コンバット》に行ったよ」とだけ答えた。

特別便の客を見送るため、空港まで来た大使館員たちが、ラパスの街に帰る時の護衛は放ったらかして、どこかに行ってしまったらしい。遠くで、また銃声がした。今度は機関銃のような連射音も混じっている。

帰りはどうするか？　まず灰色の目をした軽量級のレスラータイプのドイツ大使のボディーガードに聞きに行った。

「我々を護衛してきた車両や兵士は、どこかに行ってしまったがどうしますか？」

「俺はマシンガンを持っているから、当然大使を護衛して、街に下りる」と答えた。

この男、どこかで見た記憶があると考えたら、私の住んでいたマンションの九階あたりに住む男で、エレヴェーターの中で、二、三度見かけたことがある男だった。その時は、航空会社のスチュワーデス風の女性と、エレヴェーターの中でいちゃついていた。

イギリス領事に尋ねると、

「いろんな場合を想定して、寝袋も、食料、水も用意してきているので、空港の建物内で過ごし、明日、明るくなって安全が確認できたら、町に下りる」

と、ちょっと得意そうに答えた。

空港からの帰り道の護衛がないことは、旅立つ日本人ビジネスマンには何も言わず、参事官を不要に巻き込んだメガネコオロギだけとは握手せず、特別便を見送った。

皆、空気の薄い、銃声のするラパスを脱出できることを、単純に喜んでいるように見えた。エルアルト空港は空気が薄いので、離陸する時は、傾斜のついた滑走路を下ってスピードを上げ、着陸の時は、反対方向から降りる、面白い空港である。

十二　空港からの帰路

参事官と相談し、我々はイギリス領事のように、寝袋も食料も準備して行かなかったので、ラパスの町に戻るドイツ大使の車に遅れないようについて山を下りることにした。

ラパスの町の入り口までは、標高差四〇〇メートルを、すり鉢の斜面を斜めに縫うように、約三十分下る自動車専用道路で下りる。

道路の山側は、トタン屋根の低い住宅が、明かりもつけず、うずくまって続き、谷側は、ほとんど崖のような急斜面で、家屋はない。

普段は、道路沿いにところどころ街灯があるが、今はほとんど壊されている。

夜間外出禁止令で、下のラパスの町の灯も普段の五分の一ぐらいで、遠くに感じる。

ドイツ大使の車は、かなりのスピードで下り始めたので、必死について行く。と、急にブレーキをかけ、止まりそうになる。何回かこれが繰り返されたので、狙撃手に照準を合わされぬよう、スピードを頻繁に変えていると思った。

一度は、まったく止まったので、いざとなったら、家のない谷側の急斜面を駆け下りようかと、安全ベルトを外す。こぶし大の石が散乱している曲がり角が、ヘッドライトに照らし出された。曲がり角から出た瞬間、ベンツは急発進してスピードを上げる。ランドクルーザーは車高が高く、重心も高いので、急坂を下った曲がり角を出た瞬間にアクセルを踏むと、車体がかしぐので、ギクッとする。

バックミラーを見ると、イタリア領事と、フランス領事の車らしいライトが見えた。真っ暗な中、その他のライトは一切見えない。

その時である。正確にはそのちょっと前から、何か違和感を感じていた。

メーターを見ると、ガソリンの残量を示す所に赤色のランプがついている。

ガソリンは、空港に行く前、満タンにしておいたので、どうしてランプがつくのか？

何かの機械のトラブルか？

次に頭に浮かんだのは、ガソリンを抜き盗られたのかという疑問だった。ランドクルーザーが納入された時、トヨタの代理店の人が、ボリビアはガソリンの抜き取りがよく起こるので、ガソリンの注入口に二重の鍵を付けることを勧められた。が、二重の鍵を付けると開け閉めが面倒だし、ボリビアは日本よりガソリン価格が安いので、そのままにしておいた。

抜き盗られたのだとすると、空港に駐車していた間しかあり得ない。空港には、我々のほかには、クーデター軍の車輌しかなかった。

背筋がぞーっとする。ラパスの町の目抜き通りで、二回もランドクルーザー向けに悪態をついた、自分の密輸車を傷つけられた軍人か？

空港からの自動車専用道には、ブレーキが作動しない事故に備えた非常停止用の乗り上げ脇道があるはずだが、なかなか現れない。

エンジンが息をつきだした。ボリビアのガソリンの質はあまり良くない。ガソリンを送るパイプが詰まるだろうか？　やむを得ずエンジンを切って、下り坂を惰性で下り始める。ブレーキを頻繁に踏むので、ブレーキが焼けるような臭いがしだした。

イタリア領事とフランス領事の車が、追い抜いて行った。脇に座っている参事官を見ると、脚をつっぱり、姿勢を低くして、目をつむっている。まだ狙撃を警戒しているのか？　それより……このままでは制御がきかなくなると思い、エンジンを始動する。が、エンジンブレーキをかけようとギアを落とそうとするが、入らない……。

最後の望みと、エンジンを空ぶかしして「エイヤア！」とハイギアに入れると、車体がぶるっと震えてギアが入った。助かった！　ラパスの町の最初の街灯が見えた。

「こんな所で死んでたまるか」

その時、この前、夏休みに日本からやって来た末の娘の声が聞こえた気がした。

「パパ、もうおうちに帰ろう」

十七年勤めた外務省を辞めることにした。

その前に、自動小銃を入手して、この乾いたラパスのすり鉢のような斜面に弾倉がつきるまで連射して、銃声を響かせたいと強く思った。

ひと

国連選挙監視団員として モザンビークに向かう

有水《ありみず》 博《ひろし》さん

富士のすそ野で地雷を避ける訓練も積んだ。「命がけですよ」と言いながら、出発を控えた表情は意外に明るい。波乱万丈を地でいく異色の大学教授。賛否両論分かれる国連平和維持活動（PKO）に国立大学教授が参加するのは初めて。だが、淡々と「平和への道を歩き始めた国で、記念すべき瞬間に立ち会いたいだけ」。

東京外大進学の時、ブラジル移住が盛んで「外国に行く一番の近道」とポルトガル語を志した冒険少年。卒業後、水産会社に就職、日本人として初めてアンゴラに入り、イワシ加工に乗り出すため一人で現地の漁師たちと渡りをつけた。

会社倒産を機に外務省に入り、外交官としてリスボンやブラジル各地で勤務。大阪外大にポルトガル・ブラジル語学科が設置された一九八一年、文部省から助教授として引き抜かれ、九〇年に教授になった。

モザンビークでは、約七千四百カ所の投票所を総勢九百人の団員でカバー。国籍の違う団員と二人一組で車に乗り、投票所を回る。今年大学を卒業した教え子の一人が既に今春から監視団員として現地で活躍している。

「十六年に及ぶ内戦、七十万人の死者を出しながら立ち直ってきたモザンビークの底力をこの肌で感じたい」。じっとしていることが大嫌いな冒険少年の血がまた騒ぎだした。 （原 美由紀）

群馬県出身。モザンビークの選挙法を今春、日本語訳したのがきっかけで監視団員に。大阪外国語大教授。57歳。

毎日新聞（1994年10月19日朝刊）より

あとがき

旧大阪外国語大学に、一九七九年、ブラジル、ポルトガル学科が新設され、教官の公募があった。公募に応募し、一九八一年、二分の一の確率で、私は運良く採用された。

人懐っこい学生さん達に恵まれて、持ち前の「年輪のない木」の性格のまま、十九年間の楽しい後半生を過ごすことができた。感謝！　感謝！

学外の活動でも、国連のモザンビーク選挙監視団に参加したほか（新聞記事）、総務庁派遣青年団（ブラジル）のお供もした。シニアラグビー「大阪惑々ラグビークラブ」のヨーロッパ遠征に参加、トライもできた。

自分史的に過去を振り返ると、辺境の各地で苦闘したことだけがよみがえってくる。しかし、本人は苦闘したつもりでも、あるいは、自分が最も活かされていた時期かもしれないと思う今日この頃である。

著者プロフィール
有水 博（ありみず ひろし）
1937年台南市生まれ。
1960年東京外国語大学ポルトガル語学科卒業。川上貿易（株）、北洋水産（株）を経て、1964年外務省入省。中南米課など本文の通り。17年間勤務。
1981年大阪外国語大学でブラジル・ポルトガル学科助教授、のち教授。19年間勤務。その間京都外国語大学、天理大学、龍谷大学で非常勤講師。
1998年ロンドン大学ＳＯＡＳ修士。
2000年近畿大学文芸学部国際文化学科教授（東西交渉史）（５年間）。定年退職。

辺境の地で働いて アンゴラ、アマゾン、ギアナ三国、ポルトガル、ブラジリア、ボリビア

2021年５月15日　初版第１刷発行

著　者　有水 博
発行者　瓜谷 綱延
発行所　株式会社文芸社
〒160-0022 東京都新宿区新宿1－10－1
電話 03-5369-3060（代表）
03-5369-2299（販売）

印刷所　株式会社エーヴィスシステムズ

ISBN978-4-286-22609-5